韻山漢詩
癸未集

韻山漢詩

癸未集

초판 인쇄 2023년 11월 17일
초판 발행 2023년 11월 24일

지 은 이 이영주
펴 낸 이 이대현

편   집 이태곤·권분옥·임애정·강윤경
디 자 인 안혜진·최선주·이경진
마 케 팅 박태훈

펴 낸 곳 도서출판 역락
주   소 서울시 서초구 동광로 46길 6-6(반포4동 문창빌딩 2F)
전   화 02-3409-2060(편집부), 2058(영업부)
팩   스 02-3409-2059
등   록 1999년 4월 19일 제303-2002-000014호
이 메 일 youkrack@hanmail.net
홈페이지 www.youkrackbooks.com
I S B N 979-11-6742-614-7 03810

癸未集

韻山漢詩

이영주

역락

序

天地爲籧廬
光陰者過旅
弱齡不領會
至言今始許
駒過歲崢嶸
舟負力者膂
青絲覆雪光
掩鏡撫氣沮
生年次協洽
四紀閱律呂
生涯應送半
何不亂心緒
生理亦迂拙
行路輒榛楚
逍遙形骸外
性靈脫羿圉
猖狂好古風
時流相齟齬
不平可不鳴
有情則有語
羈寓儻無伴
孤情誰與抒

醉鄉醒春夢
詩是會心侶
素有丘壑志
物華忘寒暑
搜勝樂清賞
鍾期共詠咀
雅集東山客
囊中帶毫楮
春花秋月夜
錦文弄軸杼
邇來十年强
瓦石有所貯
聊集成黃卷
編次以時敍
今又當未歲
除日構弁序
此後知罪者
詩乎唯有汝
上梓却汗赧
品乏比精糈
元無胸中竹
畫如屋無礎
格調乖雅頌
開闔缺枳敔
或欲嘗列鼎

幸勿尤疏茹

何欲留鴻爪

雪融失所處

人生百年後

消迹無細巨

但非澹泊者

問世慾難禦

過分由貪痴

心眼未明炬

然而期將來

織思得繡虆

醞情又何用

鬱金加邑秬

老手敎秘傳

虛襟引領佇

• 舟負句言變化也莊子大宗師夫藏舟於壑藏山於澤謂之固矣然而夜半有力者負之而走昧者不知也郭注向者之我非復今我也我與今俱往豈常守故哉成疏有力者造化也('주부' 구는 변화를 말한다. ≪장자莊子·대종사大宗師≫에 "배를 골짜기에 감추고 오구 그물을 못에 숨겨두고서 든든하다고 생각한다. 그러나 야반에 힘 있는 자가 그것을 지고 달아나 버리는데, 우매한 자는 이를 알지 못한다."라 하였는데, 곽상이 주에서 "지난날의 나는 다시는 지금의 내가 아니다. 나는 지금의 시간과 함께 모두 가버리니 어찌 늘 옛것을 지키겠는가?"라고 하였고 성현영은 소에서 "힘 있는 자란 조화를 말한다."라고 하였다.)
• 孟子孔子曰知我者其惟春秋乎罪我者其惟春秋乎(≪맹자·등문공하滕文公下≫에 "공자께서 '나를 알아주게 될 것도 ≪춘추春秋≫ 때문이며, 나를 벌하게 될 것도 ≪춘추≫ 때문일 것이다'라고 하셨다."라는 말이 있다.)

서시

천지는 여인숙이고
세월은 지나가는 나그네라 하였는데
어린 나이에는 이해하지 못했지만
이제는 지극히 옳은 말이라 수긍한다
흰 망아지가 틈을 지나듯 세월이 빨리 흘러갔으니
붙잡아두고자 한 내 시간을 조화造化가 짊어지고 가버린 탓
푸른 실 같은 머리에 눈빛이 덮이니
거울을 가리면서 꺾인 심기 달랬다
태어난 해가 양띠 해
그 후 마흔여덟 해를 겪었으니
내 생애 반은 보냈을 터
그러니 어찌 마음이 어지럽지 않겠는가

생계 꾸리는 데도 어리석고 서툴러
인생행로에는 번번이 가시덤불이어서
형해形骸 밖에 소요하여
내 성령性靈을 감옥에서 벗어나게 하려 했는데
제멋대로 사는 기질이 고풍을 좋아한 탓에
시류와 맞지 않아
마음이 평온하지 않으니 어찌 울리지 않겠는가
이런저런 감정 따라 할 말이 있게 되었다

떠돌며 부쳐 사는 삶에 짝할 이 없다면
외로운 심정을 누구에게 펼쳐낼까
술 속에 있는 마을에서 봄꿈을 깨고 나면
시가 마음에 맞는 짝이었다
원래 구학丘壑에 뜻이 있어
물상을 보며 추위 더위 잊고 살았고
승지勝地를 찾아 맑은 감상 즐길 때면
종자기 같은 지음과 함께 시를 읊조리며 음미했다
평소 산야山野의 선비와 모일 때면
주머니 속에 붓과 종이 챙겨서
봄꽃 피고 가을 달이 뜬 밤에
비단 무늬 짜느라 베틀의 북 움직이듯 글을 엮었다

그 후 십여 년
기와와 돌 같이 하찮은 것 모아진 게 있어서
애오라지 그것을 모아 책을 엮게 되었는데
수록 순서는 지은 때를 따랐다
금년이 또 양띠 해
제석除夕 날에 서문을 쓰나니
차후에 나를 알아주거나 탓하는 것은
시야 오직 너 때문일 것이다

출간에 앞서 낯 뜨겁고 땀이 나니
작품에 정묘한 게 없어서라
원래 흉중에 대나무도 없이 그린 그림이라

주춧돌 없이 지은 집 같고
격조도 아송雅頌과 달라
시상을 열고 닫음에 장법章法을 갖추지 못했으니
혹여 솥 늘어놓고 먹는 귀한 음식 같은 것을 기대하셨다면
거친 나물뿐이라고 허물하지 마시라

어찌 눈 위의 기러기 발자취 같은 것을 남기고자 하겠는가
눈이 녹고 나면 밟았던 곳도 알 수 없는 법
이내 인생 백년 뒤에는
크든 작든 그 흔적이 사라지겠지
허나 담박한 사람이 아니어서
세상에 알리고 싶은 욕망을 억누르기 어려우니
과분한 이 짓은 탐욕과 어리석음에서 비롯된 것
마음의 눈이 아직 홰를 밝히지 못해서라

그래도 장래에는
생각을 잘 짜서 아름다운 수를 얻기 기대하며
마음의 정을 빚을 때도
울금을 섞은 기장을 쓰려고 하니
노련한 숙수熟手가 비법 가르쳐주기를
마음을 비우고 목 빼고서 기다린다

시로 쓴 《계미집》 서문이다. 《계미집》은 2004년에 처음 출간했는데, 당시에는 번역
문을 붙이지 않았고 계미년에 지은 시와 그 이전에 지은 시를 함께 수록하였다. 이
서문도 그때 지은 것이다. 이번에 계미년에 지은 것과 그 이전에 지은 것을 분권하여
출간하면서 번역문을 붙이고 시도 일부 수정하였다.

目次

4   序
    서시

16 癸未元旦
    계미년 원단

18 述志示紫霞詩社諸友
    내 뜻을 적어 자하시사 여러 벗에게 보이다

24 望月
    달을 바라보다

26 擬古
    고시를 본떠 짓다

28 迎春
    봄을 맞이하다

30 靑明日讀杜牧詩戱作
    청명일에 두목의 청명 시를 읽고 장난삼아 짓다

32 賦得春柳送別二首 其一
    봄버들을 읊어 송별하다 제1수

34 賦得春柳送別二首 其二
    봄버들을 읊어 송별하다 제2수

36 憶長江泛舟作 其一
    장강에서 배 탄 일을 추억하며 짓다 제1수

38 憶長江泛舟作 其二
    장강에서 배 탄 일을 추억하며 짓다 제2수

40 春日有嘆
    봄날의 넋두리

42 手機(handphone)
    핸드폰

44 催春歸去歌幷序
봄이 돌아가기를 재촉하는 노래와 서문

50 餞春曲四首 其一
봄을 전별하는 노래 제1수

52 餞春曲四首 其二
봄을 전별하는 노래 제2수

54 餞春曲四首 其三
봄을 전별하는 노래 제3수

56 餞春曲四首 其四
봄을 전별하는 노래 제4수

58 讀金成坤敎授南岳廟詩與湘妃廟詩因憶舊遊而步其韻各作二章 其一
김성곤 교수의 남악묘 시와 상비묘 시를 읽다가 예전에 내가 갔던 일이 생각나서 차운하여 각각 두 수씩 짓다 제1수

60 讀金成坤敎授南岳廟詩與湘妃廟詩因憶舊遊而步其韻各作二章 其二
김성곤 교수의 남악묘 시와 상비묘 시를 읽다가 예전에 내가 갔던 일이 생각나서 차운하여 각각 두 수씩 짓다 제2수

62 [原韻] 登南岳神州祖廟待香客返而率爾成興
[원운] 남악신주조묘에 올라 향화객香火客이 돌아가기를 기다리다가 문득 흥이 나다

64 讀金成坤敎授南岳廟詩與湘妃廟詩因憶舊遊而步其韻各作二章 其三
김성곤 교수의 남악묘 시와 상비묘 시를 읽다가 예전에 내가 갔던 일이 생각나서 차운하여 각각 두 수씩 짓다 제3수

66 讀金成坤敎授南岳廟詩與湘妃廟詩因憶舊遊而步其韻各作二章 其四
김성곤 교수의 남악묘 시와 상비묘 시를 읽다가 예전에 내가 갔던 일이 생각나서 차운하여 각각 두 수씩 짓다 제4수

68 [原韻] 過君山湘妃廟
[원운] 군산의 상비묘를 들르다

70 昨月詩社會於素玄書室初面主人接賓誠摯使人感荷故贈此作以爲韻
事兼示謝意
지난 달 시사 모임을 소현서실에서 하였는데 초면인 주인이 접대를 정성껏
해주어 사람을 감동시켰다 그래서 이 시를 드려 운치 있는 일이 되게 하고
아울러 감사의 뜻을 보인다

74 題素玄書室三首 其一
소현서실에 제하다 제1수

76 題素玄書室三首 其二
소현서실에 제하다 제2수

78 題素玄書室三首 其三
소현서실에 제하다 제3수

80 山寺二首 其一
산사 제1수

82 山寺二首 其二
산사 제2수

84 盛夏山村夜景
한여름 산촌의 밤 풍경

87 田家夏夜嘆
농가 여름밤의 한탄

92 夏日田野卽事
여름날 들판

94 詠蟬得情字
매미를 읊다 '정情' 자를 운자로 얻다

96 山寺池蓮
산사의 수련

98 病起
병이 나아 일어나다

100 秋日晚望
　　가을 저녁

102 追慕龜岩先生
　　구암 선생을 추모하다

104 鳴聲山
　　명성산

106 山頂湖水
　　산정호수

108 文殊庵望多島海
　　문수암에서 다도해를 바라보다

110 外浦里海鷗
　　외포리 갈매기

114 遊淨水寺
　　정수사에 노닐다

116 夢中作詩覺後作
　　꿈속에서 시를 짓다가 깨어나서 쓴 시

120 盆菊
　　화분 속 국화

122 籬菊
　　울타리 아래 국화

125 對野菊
　　들국화를 마주하다

128 病中偶吟
　　병중에 우연히 읊다

130 題詩庭書齋
　　시정의 서재에 쓰다

132 詩庭書齋望漢江
시정의 서재에서 한강을 바라보다

134 詠蓮翁雪景山水圖
연옹의 설경산수도를 읊다

136 初雪
첫눈

138 雪晴後校庭卽事
눈 갠 뒤 교정에서의 일

140 雪霽望月寄友人
눈이 갠 밤에 달을 보면서 벗에게 부치다

142 冠岳山頂俯望京城
관악산 정상에서 경성을 굽어보다

144 寄益山五首 其一
익산에게 부치다 제1수

146 寄益山五首 其二
익산에게 부치다 제2수

148 寄益山五首 其三
익산에게 부치다 제3수

150 寄益山五首 其四
익산에게 부치다 제4수

152 寄益山五首 其五
익산에게 부치다 제5수

154 再寄益山
다시 익산에게 부치다

157 送李恩珠君遊學南京
남경에 유학하는 이은주 군을 전송하다

160 送藥友遊學南京二首 其一
　　남경에 유학하는 약우를 전송하다 제1수

162 送藥友遊學南京二首 其二
　　남경에 유학하는 약우를 전송하다 제2수

164 號姜君旼昊曰杜山作號說
　　강민호 군의 호를 두산이라 지어주고 호설을 짓다

韻山漢詩 ≪癸未集≫을 읽고 / 167

癸未元旦

正朝日旭物華新
斗柄回移又建寅
習習東風蘇萬品
乾乾元德健斯人
迎春悴柳將生氣
報曉鳴禽更有神
志學吾心常自若
性情陶冶欲安仁

계미년 원단

설날에 해 떠 올라
물상이 새로우니
북두의 자루가 돌고 돌아
다시 인월寅月이 되었구나

따스한 동풍이
만물을 소생시키고
쉼 없이 힘을 쓰는 건원乾元의 덕은
사람을 강건하게 하겠지

봄을 맞이하여
초췌했던 버들은 생기가 돋을 터
아침을 알리는 새 소리에는
더욱 생동감이 느껴진다

배움에 뜻을 둔 이내 마음이야
늘 변함없으니
성정을 도야하여
편한 마음으로 인仁을 실천하고자 할 뿐이다

원단이라 그냥 넘어갈 수 없어서 한 수 지었다. 이렇다 할 시상도 없이 지었으니 시라
고 할 수도 없겠다.

述志示紫霞詩社諸友

青蓮古風今不行
文章誰與抒中情
尚友古人期契合
猖狂獨自樂此生
瓊席不料獲參列
酬唱可以鳴不平
滿席文場傑
聰慧能領旨
因此自述平生志
藉酒敢示二三子
我是人間世上不羈人
甘作江湖樗櫟散
時世相與乖
何物是吾伴
萬斛酣醉輒留連
一首構思忘食鹽
但使保全六尺短軀
豈志榮辱浮沈是非支離間
無何有之鄉廣漠之野是何處
身寄象外心自閑
十年學屠龍
惜乎世無龍

慎勿夸衒掣鯨力

蠻觸爭處何所容

英華萬卷雖讀破

却將虛譽作浮煙

逃名恰如玄豹隱山巖

持身又如白鶴擇松巔

君不聞千秋萬歲名

寂寂寞寞身後事

應須身處自在自由境

何故心滯塵網塵路累

冬雪去

春風來

日月循環星推變

二月乾坤韶景回

妍花朵朵發

好鳥雙雙飛

喜逢萬品得時繁

自歎衰顏與昔違

幸餘半生返本然

茅舍將且茨於山澗石磯邊

明月下

清風中

酒爲釣餌筆爲竿

布衣長作釣詩翁

- 無何有之鄕廣漠之野出於莊子逍遙遊('무하유지향'과 '광막지야'라는 말은 ≪장자·소요유≫에 나온다.)
- 屠龍喩技雖高超却無用處語出莊子列御寇('도룡'은 기술이 비록 뛰어나도 쓸 데가 없음을 비유한다. 이 말은 ≪장자·열어구≫에 나온다.)
- 蠻觸爭處卽蝸角相爭('만촉쟁처'는 바로 와각상쟁을 말한다.)
- 玄豹喩懷才畏忌而隱居語出列女傳('현표'는 재주를 가지고 있으면서 남의 시기를 두려워하여 은거하는 것을 비유한다. 이 말은 유향劉向의 ≪열녀전≫에 나온다.)

왜 하필 한시 짓기를 좋아하게 되었을까? 이 또한 팔자 탓이리라. 다행히 자하시사를 결성하여 여러 글벗과 한시를 수창하게 되었기에 허튼소리를 한번 해보았다.

내 뜻을 적어 자하시사 여러 벗에게 보이다

청련거사 이태백의 고풍이
지금은 행해지지 않으니
시를 지어
누구에게 속마음 펼칠 수 있겠는가
옛사람을 벗 삼아 마음 맞기를 기대하면서
자유롭게 살며
나 홀로 삶을 즐기고자 했더니
뜻밖에 좋은 글 모임에 참석하게 되어
서로 수창하며
평온치 않은 심사를 표출할 수 있었다

자리에 가득한 글 마당의 영걸
그 총혜함이면 이해해주겠지 하고
내 평소의 뜻을 스스로 서술하여
술기운을 빌어
감히 그대들에게 보인다

나는 본시 인간세상의 매이지 않는 사람
쓸모없는 가죽나무나 상수리나무 되어
기꺼이 강호에서 살고자 했지
시절과 어긋난 신세이니
무엇이 내 짝이 될 수 있을까

만 곡 술에 취하면
아쉬운 마음에 번번이 자리를 떠나지 못했고
한 수 시를 구상할 때면
먹고 씻는 것도 잊어버렸다

그저 여섯 자 작은 몸뚱이 보전하면 그만이니
영욕이 부침하고 시비가 어지러이 얽힌 세간에
어찌 뜻을 두리오
무하유의 마을 광막의 들이 어디인가
이 몸을 형상 밖에 부쳐두니
마음 절로 한가롭다

열 해를 용 잡는 법 배웠지만
애석하다 세상에 용이 없구나
고래를 당기는 힘이라고 삼가 과시하지 말 것이니
달팽이 뿔 위 촉과 만이 다투는 데에서
어찌 받아들여지겠는가
좋은 책 만 권을 독파했어도
도리어 헛된 영예를 뜬 연기라 생각하여
명성 피하기를
검은 표범이 산 바위에 숨듯이 하고
몸가짐은
또 흰 학이 소나무 끝을 골라 깃들 듯 하리라

그대는 듣지 않았는가
천추만세에 전해지는 이름도

22

쓸쓸하고 쓸쓸한 죽은 뒤의 일이라고
몸을 자유자재한 경지에 두어야 할 것이니
무엇 때문에
티끌 그물 티끌 세상길의 구속에 얽매이리오

겨울눈이 가고
봄바람이 온다
해와 달이 순환하고
별자리가 옮겨 바뀌니
이월의 건곤에 봄 경치가 돌아와서
고운 꽃이 송이송이 피어나고
어여쁜 새가 쌍쌍이 날아다닌다
만물이 때를 얻어 번성하니
그런 모습 만나 기쁘기도 하지만
시든 얼굴이 전과 다름에
절로 탄식하게 된다

다행히 이 인생의 반이 남아
본연으로 돌아 갈 수 있으니
산 계곡물 바위 가에
장차 띠집을 엮어 짓고서
밝은 달 아래
맑은 바람 속에서
술을 낚싯밥 삼고 붓을 낚싯대 삼아
베옷 차림으로
길이길이 시 낚는 노인 노릇 하리라

望月

婵娟蟾魄出高穹
應是明光千里同
憐景消燈吟子夜
舉杯散步醉東風
馳心疊疊關山隔
投眼遙遙雲漢中
何必夢魂勞遠路
月天一點兩人通

● 子夜樂府吳聲歌曲名寫男女愛情('자야'는 악부의 오성가곡으로, 남녀의 애정을 그렸다.)
● 月天句用一點靈犀語喩兩心相通李商隱無題心有靈犀一點通('월천' 구는 '일점령서'라
는 말을 활용하였다. 두 사람의 마음이 서로 통하는 것을 비유한다. 이상은의 <무제>
시에 "마음은 신령한 무소처럼 하나 되어 서로 통한다."라는 시구가 있다.)

달을 바라보다

아름다운 달
하늘 높이 떠오르니
천리 떨어진 곳에서도
밝은 빛을 함께하겠지

그 빛이 좋아 등을 끄고
자야가子夜歌를 읊조리며
잔 들고 산보하면서
동풍에 취한다

첩첩 산 그 너머로
마음이 치달리고
아득한 저 은한에
눈길을 던진다

꿈속의 혼
수고롭게 먼 길을 갈 게 있나
하늘의 달을 보면
두 사람 마음 하나 되어 통할 텐데

두 사람의 마음이 하늘의 달에 닿아 서로 이어지니, 무소의 신령한 뿔과 같지 않을까.
굳이 꿈길에서 애써 찾아가는 수고를 할 필요가 없으리라. 함련의 '子夜'와 '東風'은
차대借對이다.

擬古

望月如歡顏
新月如歡眉
自從識歡後
夜夜起相思

고시를 본떠 짓다

보름달은 임의 얼굴 같고
초승달은 임의 눈썹 같으니
임을 알고 난 뒤로는
밤마다 그리움이 인다

시제인 '의고'는 '고시古詩를 본떠서 짓다'라는 뜻이다.

迎春

昨夜殷雷群動醒

乾坤雨後日華明

梅先受氣粧嬌色

雀最知時囀喜聲

四野田疇將種稼

萬方民物得生成

建陽多慶迎春帖

以祝邦家皆泰平

봄을 맞이하다

어젯밤 우레 소리
뭇 생물 깨우더니
비 온 뒤 천지에는
햇빛이 밝다

매화는 먼저 기를 받아
어여쁜 모습 단장하고
새는 때를 잘 알아
기쁜 소리 지저귄다

사방 들 논밭에
씨 뿌리고 모 심으며
천하 만방 사람과 사물은
나고 자라는 은택 입게 될 터

건양다경建陽多慶
영춘첩迎春帖을 붙이며
나라와 집안
모두 다 태평하기를 축원한다

靑明日讀杜牧詩戲作

清明時節晴光好
可耐吟詩徒落涎
此處雖無村似畫
酒家美婦笑嫣然

청명일에 두목의 청명 시를 읽고 장난삼아 짓다

청명 시절에
밝게 갠 햇살 좋으니
시 읊조리며
그저 침이나 흘릴 수 있겠는가

이곳에
그림 같은 행화촌杏花村은 없어도
배시시 웃는 예쁜 주모
술집에서 기다리는데

두목의 〈청명〉 시를 읽고 술 생각이 나지 않을 수 있을까? 두목은 분분하게 내리는
봄비에 끌려 술집을 찾았지만 화창하게 갠 봄날의 정취도 그 못지않다.

賦得春柳送別二首 其一

怪底筵開恨酒舩

千絲舞態惹情生

最宜春日留人久

乃植芳塘拂水輕

微雨成陰阡漸暗

靜波倒影樹偏明

一枝贈意將攀折

擾擾離憂已若酲

* 詩節彼南山憂心如酲(≪시경·절피남산節彼南山≫에 "憂心如酲.(근심어린 마음이 술병
  난 듯하다.)"이라는 말이 있다.)

봄버들을 읊어 송별하다 ^{제1수}

이상하다
어떤 자리가 열렸기에 술잔을 한스러워하나

천 가닥 실 같은 버들가지의 춤추는 자태가
사람 마음을 끄니
봄날에 사람 오래 붙잡아두기에는
이것이 가장 적당하다 하여
아름다운 못가에 심어
가지가 물을 가볍게 스치게 했을 텐데

가랑비로 흐려져
길이 점점 어둑해지는데
고요한 물결에 비친
이 나무가 유난스레 밝구나

마음을 드리고자
가지 하나를 꺾으려고 하는데
이별의 시름이 이미 어지러워
술병이 난 듯 괴롭다

버들가지를 꺾어주는 것은 떠나는 사람을 붙잡아두고 싶다는 뜻에서지만, 그 버들은
도리어 이별의 시름을 더해 줄 뿐이다.

賦得春柳送別二首 其二

却疑始植求何好
竟歎長枝垂恨縈
樽瑑暫時聊共坐
風塵遠路且孤征
黃芽今已成煙景
白絮行將亂客情
遊子休看飄影落
心中愁緒眼中盈

허공에 가득 날리는 버들 솜의 어지러운 모습은 심중에 가득한 시름의 모습을 연상시
킨다. 마음속에 있는 이별의 심사가 눈에 보이게 된 것이다.

제1수는 작별하는 현재의 상황을 위주로 하고 제2수는 앞으로 있을 상황에 대한 이야
기가 중심 내용이다. 제2수의 수련과 미련은 각각 제1수의 함련, 미련과 조응하니,
이 점 유념해서 보아야 한다.

연작시는 일반적으로 각 수의 압운에 운목을 달리하는데, 두 수 모두 '경庚' 운을 썼다.
첫째 수는 수구에 압운을 하였지만 둘째 수는 수구에 압운하지 않았다. 그리고 둘째
수의 수련은 대장구로 하였다. 이는 모두 두 수 시상의 연속성을 강화하여 두 수가
마치 한 수의 배율인 것처럼 느껴지게 하려는 의도에서였다. 시제에 버들을 읊었음을
밝혔지만 시에서는 '柳' 자를 단 한 차례도 사용하지 않았음도 알아주었으면 한다.

봄버들을 읊어 송별하다 제2수

무엇이 좋다고 처음 심었을까 하고
다시 의심해 보다가
긴 가지가 이별의 한恨을 매달고 드리워져 있어
결국 탄식하고 만다

술잔 잡고
그럭저럭 잠시 함께 앉았지만
풍진 속 길고 긴 길을
앞으로는 홀로 가게 되겠지

노란빛 싹이
이미 아련한 봄 경치를 이루었으니
흰 버들솜이
머지않아 나그네 심정을 어지럽힐 터

길 떠난 이여
흩날리며 떨어지는 그 솜의 모습 보지 마시라
보게 되면
마음 속 이별의 심사가 눈앞에 가득 펼쳐져 있을 것이니

憶長江泛舟作 其一

畫伴淸風夜伴星
舟廻峽路駕無停
江陵水緩野低岸
奉節林冥山疊屏
巫峽娟峰雲影白
放翁古洞蘚光靑
快哉兩日經千里
盡鷁明朝又洞庭

古洞指三遊洞陸游泉在湖北宜昌('고동'은 삼유동과 육유천을 가리킨다. 호북성 의창에 있다.)

장강에서 배 탄 일을 추억하며 짓다 제1수

낮에는 맑은 바람 짝하고
밤에는 별을 짝하며
배는 삼협三峽 물길 돌고 돌아
쉼 없이 달린다

물이 느리게 흐르는 강릉江陵은
들이 강안보다 낮고
숲이 어둑한 봉절奉節에는
산이 첩첩 병풍이다

무협巫峽의 아름다운 선녀봉仙女峰에는
흰 구름
방옹放翁이 놀다간 옛 동굴에는
파란 이끼

유쾌하다
이틀 새에 천 리를 지났으니
그리고 이튿날 아침
익새 배가 도착한 곳은 또 동정호

김성곤 교수가 장강長江과 동정호洞庭湖 등을 여행하고 돌아왔다. 그의 여행담을 듣고
내가 십 년 전 배를 타고 그 지역을 다녔던 일이 생생하게 기억나서 칠언 율시 두
수를 지어보았다.

憶長江泛舟作 其二

洞庭浩瀚吸黃流

波薄三層岳府樓

朝暮水涵雲物灝

古今烟映島山浮

斑痕彷佛湘妃竹

飄影翺翔子美鷗

勝地追思人世事

客情無際正難收

제1수를 '동정' 두 자로 끝내고 제2수를 '동정' 두 자로 시작했으니 이른바 연주격聯珠格으로 두 수의 연속성을 추구하기 위한 수법이다. 제1수 끝구에 동사나 형용사 같은 활자活字를 사용하지 않음으로써 시 말미에서 절주節奏가 촉급하게 끊어지는 느낌을 주고자 했다. 이는 제2수에 이어져 전개되는 동정호의 광활함을 부각시키고자 해서이다. 즉 절주를 한번 조였다가 풀어주는 방법을 씀으로써 동정호의 광활한 이미지가 독자의 눈에 순간 펼쳐지기를 의도한 것인데, 독자에게 그 느낌이 잘 전달될지 모르겠다.

장강에서 배 탄 일을 추억하며 짓다 제2수

넓디넓은 동정호가
누런 강물 빨아들여
그 파도
삼층 악양루岳陽樓에 다가가 부딪친다

아득한 하늘의 구름
아침저녁으로 물속에 담겨 있고
떠 있는 군산君山 섬
예나 지금이나 연무 속에 비친다

눈물 흔적이 보이는 듯한 것은
상비湘妃의 반죽斑竹
표연하게 나는 모습은
두보가 보았을 갈매기이다

명승지에서 인간사를
돌이켜 생각하니
나그네 심사도 저 물처럼 가없어
정녕 거두기 어려워라

春日有嘆

薪水之身限校庭
青春心緒役於形
嗟看風景隔窓變
虛送節期依次經
詩誦清明無杏雨
曆知上巳慕蘭亭
嬾翻卷冊猶居室
今又强忘花柳坰

봄날의 넋두리

먹고 살려고 월급 받는 신세라
교정 안에 있어야 하니
푸른 봄 같은 이 마음
육신 때문에 부역한다

창 너머 바뀌는 풍광
탄식하며 쳐다보고
순서대로 지나는 절기
헛되이 보낸다

청명 시를 읊어도
행화촌杏花村에 내리는 비는 없고
달력 보고 상사上巳 날인지 알아
난정蘭亭의 일이 부럽기만 하다

책 뒤적이기도 싫으면서
연구실에 앉아 있으니
들판의 꽃과 버들을
오늘도 또 잊으려고 애써 본다

手機(handphone)

今世佩物中
此物最通靈
日用多有便
盛譽誰與爭
隨處可送信
走車傳言明
拇指數次動
短札須臾成
物無八方美
利害相待生
猜心伺夫所
能識酒姬驚
狡計圖掩避
虎唬文字盈

핸드폰

요즘 세상 패물 중엔
이 놈이 제일 신통방통하다
일용에 편한 점이 많으니
자자한 칭송을 놓고 누가 그와 다투겠는가

아무 데서나 연락을 주고받을 수 있고
달리는 차 안에서도 전하는 말이 분명하며
엄지를 몇 번 움직이기만 하면
짧은 편지도 잠깐 새에 써진다

팔방미인은 없는 법
어떤 물건이든 이해가 상충한다
시기 질투로 남편 있는 곳을 사찰하다가
술집 아가씨 놀라는 소리를 알아챌 수 있는데
교활한 꾀로 엄폐를 도모하면
호랑이 으르렁거리는 소리 문자에 가득하다

催春歸去歌幷序

歲在癸未孟春初
酒杯酒壺兩手提
步緣花柳蒨蒨徑
卽到冠岳紫霞溪
向東陳饌酹酒後
盤石箕踞獨酌杯
仰天三呼太皡氏
高聲歌曰君今逝
木德事功已畢能
旅駕糧齎征旆揭
陰陽盈虛有終始
恃成不退運數否
盎然生氣本有裨
持盈亢極反有毀
君不聽春崗下
嗚嗚咽咽禽聲竭
紅艷躑躅離披開
杜鵑哀戀夜夜月
何以花色長的的
疑是歌吐口中血
此物若不辜負靑春事
生氣反使命澌滅

44

今欲言吾所苦
君應須傾耳聽
絳葩葱卉亂情緒
醲醖寬心常苦醒
鶯囀雀啁又風送
連日長醉何時醒
畹畦桃李次第開
造化畫功妙難名
開時心搗落時亦
何堪三月此不停
雨灑塘柳供詩料
茫然如夢句難成
抰煩勉彊徒呻吟
一首千莖白鬢生
君不聞詩人訴
春心莫共春花爭
弱壽不如無情物
身骨叵耐春思縈
方寸心腸將成灰
幾日後則盡枯吾神精
速逝太皥氏
西山曛黃日已暮
得離執衡司夏神
咫尺炎雲延佇駐
促使句芒啓前程

驅霆乘虛卽登路

催歸遽然君勿傷

少年時欲留韶光

年將半百今不如

衰身却嫌春月長

速逝太皞氏

人情偸薄請恕宥

吾身一年休養了

東風吹時待邂逅

* 太皞氏司春神('태호씨'는 봄을 주관하는 신이다.)
* 李商隱無題春心莫共花爭發(이상은 <무제> 시에 "춘심을 꽃과 함께 다투어 피우지 말라."는 구가 있다.)
* 句芒主木神官禮記月令孟春之月其帝太皞其神句芒('구망'은 나무를 주관하는 신관이다. ≪예기·월령≫ '맹춘 달' 조항에 그 달의 상제上帝는 태호씨이고 신은 구망이라고 하였다.)

봄이 돌아가기를 재촉하는 노래와 서문

계미년 맹춘 초
술잔과 술병을 양 손에 들고
꽃과 버들 아름다운 길을 따라 걸어
관악산 자하 계곡에 이르렀다
동쪽 향해 음식을 진설하고 술을 땅에 붓고는
너럭바위에 다리 뻗고 앉아 홀로 술 마시며
하늘을 우러러 태호씨를 부르고
큰 소리로 노래하였다

그대여 이제 떠나시라
나무의 덕이 잘하는 일을 이미 다 마쳤으니
길 떠나는 수레에 식량 싣고 여정旅程의 깃발을 높이 드시라
음과 양이 차고 빔에 시작과 끝이 있거늘
이룬 공 믿고 물러나지 않다간 운수가 막힐 것이오
넘치는 생기야 본래 도움을 주지만
가득 찬 상태 지속되어 극에 이르면 도리어 해치는 일이 생긴다오

그대는 듣지 못하셨는가
봄 산에서 오열하다 목이 쉰 새 소리를
붉은 철쭉 활짝 피어
두견이 밤마다 달 아래서 애달파 한 것이니
무엇 때문에 이 꽃빛이 오래도록 선명할까

아마도 노래하다 입안 피를 거기에 토해서였겠지
이 새가 만약 푸른 봄날의 일을 버리지 않는다면
그 봄의 생기로 도리어 명을 끊게 되리라

이제 이 사람의 괴로움을 말하려 하니
그대는 귀 기울여 들여야만 하오
붉은 꽃 푸른 풀이 심사를 어지럽혀
좋은 술로 마음 달래다 보니 늘 숙취로 괴롭지요
꾀꼬리 울고 참새 지저귀는 소리를 바람이 또 보내오니
연일 취하여 깰 수가 없다오
밭에서는 복사꽃 오얏꽃이 차례로 피는데
조화의 그림 솜씨 그 묘함은 표현하기 어려울 지경
필 때도 마음이 쿵당대고 질 때도 그러하니
석 달이나 계속되어 멈추지 않는다면 어찌 감당하겠소

비 뿌린 못의 버들이 글감을 주지만
아득하기 꿈만 같아 시구 이루기 어렵지요
턱 받치고 애쓰면서 공연히 신음하니
한 수 시에 흰 머리 천 가닥이 늘어나오
춘심을 봄꽃과 다투어 피우지 말라는 시인의 호소를
그대는 듣지 못하셨는가
오래 살지 못하는 인간은 정 없는 사물과 다른 법
이 몸의 뼈에 봄 시름이 얽히는 것을 참아낼 수 없어서
방촌方寸의 심장이 재가 되고 있으니
며칠 뒤엔 내 신정神精이 다 말라 버릴 게요

속히 떠나시오 태호씨여

서산이 어둑어둑 해가 이미 저물었다오

남방의 불기운 얻어 새로 권병權柄을 잡은 여름 신이

지척의 뜨거운 구름 속에서 오랫동안 기다리고 있으니

구망을 재촉하여 앞길을 열게 하고

벼락을 몰아 허공을 타고 즉시 길에 오르시오

떠나라는 재촉이 급작스럽다고 속상해하지 마시오

소년 시절에는 봄빛을 붙잡아두려 했지만

나이가 반백이 되어가는 지금은 그때와 달라서

쇠약한 몸은 도리어 봄 달이 긴 게 싫지요

속히 떠나시오 태호씨여

인정 각박한 것 부디 용서하시오

이 몸 한 해 잘 휴양하고 나서

동풍이 불 때에 그대와의 해후를 다시 기다리겠소

제8구의 '高聲歌'까지가 서문이고 '曰' 이하가 노랫말이다.

餞春曲四首 其一

餞席向君問
明朝能再留
交情時短促
分手路長悠
流水或知事
停雲將語愁
芳痕何處覓
江上與山頭

봄을 전별하는 노래 제1수

전별하는 자리에서 그대에게 묻나니
내일 아침에도 또 머물 수 있겠는가
정을 나누는 시간은 짧고
헤어진 뒤 갈 길은 멀기만 하리라

흐르는 물도 혹 이별의 일을 알고 있는가
멈춘 구름도 이별의 시름을 말하려는 듯하다
향기로운 자취 찾으러 앞으로 어디를 쏘다닐까
강가 그리고 산머리 여기저기이겠지

──────
네 수 모두 같은 운자를 사용하였다.

餞春曲四首 其二

憶君三月事
仁德四荒留
潤澤施功廣
蘇生布惠悠
臨行花態惻
逢別鳥聲愁
何以傳惆悵
哀情染筆頭

봄을 전별하는 노래 제2수

석 달 동안의 그대 사업을 생각해보니
어진 덕을 사방 먼 곳까지 남겼지
윤택하게 하는 일을 널리 행하였고
소생시키는 은혜를 오래도록 베풀었다

떠나갈 때가 되니 꽃은 애달픈 모습
헤어지는 상황 만나니 새는 시름겨운 소리
나는 무엇으로 처연한 심사를 표하나
슬픈 정을 붓에 물들인다네

餞春曲四首 其三

一年三百日
幾日挽君留
美景元夢幻
好時何久悠
杜鵑催別淚
楊柳感離愁
無奈傷心極
頻搔白鬢頭

봄을 전별하는 노래 제3수

일 년 삼백 일에
며칠이나 그대를 붙잡아 두겠는가
아름다운 풍경은 원래 꿈같은 것
좋은 시절이 어찌 오래 가리오

두견이 이별의 눈물을 재촉하고
버들에서 이별의 시름을 느낀다
극도에 달한 이 상심을 어찌할 수 있겠는가
그저 살쩍 흰 머리를 긁고 또 긁는다

제3구에 생긴 요拗는 제4구 제3자에 평성자를 써서 구救하였다.

餞春曲四首 其四

乘化君將去
欲留何可留
花開歡忽忽
花謝恨悠悠
後日能期會
今茲勿訴愁
行裝急登路
炎帝在前頭

봄을 전별하는 노래 제4수

조화의 운행 따라 그대 떠나려 하니
머물게 하고 싶어도 어찌 그리 되겠는가
꽃 피었을 때의 기쁨은 순식간인데
꽃이 진 뒤의 한은 아득하리라

훗날 만남을 기약할 수 있으니
지금 하소연은 말아야지
행장을 꾸려 급히 길에 오르시게
여름 신인 염제炎帝가 바로 앞에 와 있다네

讀金成坤敎授南岳廟詩與湘妃廟詩因憶舊遊而步其韻各作二章 其一

離方蠻地衡山鎭
溟海多兒火正平
祭秩三公香不絶
時聞雲外駕龍聲

* 火正掌火官左傳昭公二十九年火正曰祝融('화정'은 불을 관장하는 관리이다. ≪좌전·소공 29년≫에 "화정을 축융이라 한다."는 말이 있다.)

김성곤 교수의 남악묘 시와 상비묘 시를 읽다가 예전에 내가 갔던 일이 생각나서 차운하여 각각 두 수씩 짓다 ^{제1수}

남방은 야만의 땅
형산衡山이 그곳을 누르고 있고
넓은 바다에 흉악한 일 많은데
화정火正이 평온하게 한다

형산 신의 제사는 삼공三公의 의식으로 하고
향화香火가 그치지 않으니
용을 몰아서 오는 소리가
때로 구름 너머에 들린다

'離'는 불을 뜻하고 남방에 해당한다. '화정'은 축융이니 불의 신이며 남쪽의 신이다.
남악인 형산은 오악의 하나이고 그 신은 최고의 등급으로 예우하여 제사 지낸다. 남쪽
바다 사람은 용을 숭배하니 남악의 신이 흠향하러 올 때면 용이 끄는 수레를 타고
오지 않을까?

讀金成坤教授南岳廟詩與湘妃廟詩因憶舊遊而步其韻
各作二章　其二

坐鞍遊客凌嶢屼
下界掌中千里平
往事勿言難捕影
耳邊彷彿馬鈴聲

김성곤 교수의 남악묘 시와 상비묘 시를 읽다가 예전에 내가 갔던 일이 생각나서 차운하여 각각 두 수씩 짓다 ^{제2수}

유람 온 나그네가 말안장에 앉아
높고 높은 산 위에 올라보니
손바닥에서 보는 듯한 눈 아래 세계
천리 넓은 그 땅이 평평하게 보인다

지난 일의 기억은 그림자 같아서
잡아내기 어렵다 말하지 말라
지금도 내 귓가에
말방울 소리가 뚜렷이 들리는 듯하니

말을 타고 형산에 올랐다. 그 때 본 광경이 지금도 눈앞에 선명하다. 타고 가던 말방울
소리가 귓가에 생생하다는 착각이 들 정도이니 깊은 인상이 뇌리에 남아 있었던 것
같다. 산 위에서 내려다 본 하계下界는 실제로는 아주 넓은 지역일 테지만 손바닥
위에 놓고 보는 듯 한눈에 다 보였다. 그리고 높고 낮은 차이가 있을 테지만 모두
다 평평해 보였다. 어디서나 최정상에서 내려다보면 아래쪽은 늘 그렇게 보일 것이다.

[原韻] 登南岳神州祖廟待香客返而率爾成興

祝融峰上春雲薄
華嚴湖中綠波平
新廟香客久不返
三月午後鷄幾聲

[원운] 남악신주조묘에 올라 향화객香火客이 돌아가기를 기다리다가 문득 흥이 나다

축융봉 위 봄 구름은 얇고
화엄호 가운데 푸른 물결 평온하다
새로 지은 묘에 향화객이 오래도록 돌아가지 않는데
삼월 오후에 몇 차례 들리는 닭 울음소리

讀金成坤教授南岳廟詩與湘妃廟詩因憶舊遊而步其韻
各作二章 其三

　　無情亦感二妃史
　　廟樹減青花褪紅
　　唯竹淚斑千祀濕
　　湘江雲接九嶷風

김성곤 교수의 남악묘 시와 상비묘 시를 읽다가 예전에 내가 갔던 일이 생각나서 차운하여 각각 두 수씩 짓다 ^{제3수}

감정이 없는 초목도
두 비妃의 역사에 감응하는가
묘 앞 푸른 나무는 빛이 바랬고
붉은 꽃은 퇴색했다

오직 대나무에 떨어진 눈물 흔적
천년이 지나도 젖어 있으니
상강의 구름이
구의산 바람과 서로 잇닿아서겠지

구의산은 일명 창오산蒼梧山이라고 하는데, 그 산에 순 임금의 무덤이 있었다. 전설에
의하면 그의 두 부인인 아황娥皇과 여영女英이 그가 죽었다는 소식을 듣고 상심하여
상강에 빠져 죽어 상강의 신이 되었다고 한다. 동정호에 있는 군산의 대나무에는 반점
이 있는데 그녀들이 흘린 눈물 자국이라고 하여 그 대나무를 상비죽湘妃竹이라고 한다.

讀金成坤敎授南岳廟詩與湘妃廟詩因憶舊遊而步其韻各作二章 其四

湖島四圍湖水闊

靄煙無際夕霞紅

明朝夢澤行路險

異客黙祈乘順風

● 湖島君山('호도'는 군산이다.)
● 夢澤卽雲夢澤('몽택'은 곧 운몽택이다.)

김성곤 교수의 남악묘 시와 상비묘 시를 읽다가 예전에 내가 갔던 일이 생각나서 차운하여 각각 두 수씩 짓다 ^{제4수}

호수 안에 있는 섬을
사방으로 에워싼 물은 광활하고
자욱한 연무 가없는 그곳에
석양 노을이 붉다

내일 아침이면
운몽택 험한 길을 가야하니
타국에서 온 나그네는
순풍을 타게 해달라고 말없이 기도한다

운몽택은 장강 중류에 위치한 넓은 지역으로 습지가 많은 곳이다. 다음날도 장강 중류
일대를 다니는 긴 여정을 앞두고 있었으니, 경계심 많은 이방인이 상강의 여신에게
기도한 것은 당연한 처사이다.
제3구의 요拗를 제4구 제5자에 평성자를 씀으로써 구救하였다.

[原韻] 過君山湘妃廟

千里洞庭波浪白
萬年孤墓野花紅
曉看斑竹又生淚
應是蒼梧一夜風

[원운] 군산의 상비묘를 들르다

천리 동정호의 파도는 하얗고

만년 외로운 묘에 들꽃이 붉다

새벽에 본 반죽이 또 눈물을 흘리니

분명 어젯밤 내내 창오산에서 바람이 불어왔나 보다

칠언절구의 수작이다. 특히 제3구와 제4구가 기막히게 좋다. 김 교수의 공력을 가늠
하게 해준다.

昨月詩社會於素玄書室初面主人接賓誠摯使人感荷故贈此作以爲韻事兼示謝意

東風駘蕩城南區
昨日君居會執友
初見清顏心已傾
四壁書畫知能手
身外之物唯硯墨
畫師高堂無塵垢
新歡交際當東道
笑容接賓情誼厚
蔬菜濃香米飯滑
已俱盤餐旨且有
儕侶頌讚主人德
衆言恰如出一口
既飽德後須何物
座中幸有帶醱酒
有肴有酒亦有侶
穀日雅懷不可負
環坐吟詩又論詩
佳句會心自點首
脫使指瑕相戲謔
眞情所造不謂醜
魯班門前何夸斧

70

揮毫可於泥醉後
醉中弄筆不成行
字形歪斜不識某
人間事孰與此樂
主人設席客享受
別後常惜好景短
鵠望再會三旬久
問君當日爛漫態
大康或有失度否
猖狂亦是逸士趣
幸願寬饒勿甚咎

지난 달 시사 모임을 소현서실에서 하였는데 초면인 주인이
접대를 정성껏 해주어 사람을 감동시켰다 그래서 이 시를 드
려 운치 있는 일이 되게 하고 아울러 감사의 뜻을 보인다

봄바람이 출렁거리는 도성 남쪽 지역
어제 그대 집에 뜻을 같이하는 벗이 모였지요
맑은 얼굴 보자마자 마음이 이미 기울었고
네 벽에 걸린 서화에서 능수임을 알았다오
몸 밖의 물건이란 벼루와 먹뿐이니
화사畵師의 높은 당에 세속 먼지 없었지요
새 사람과 사귈 제 주인 자리를 맡아서
웃는 얼굴로 손을 접대해준 그 정의가 도타웠소

김치는 진한 향 쌀밥은 매끌매끌
이미 차려 놓은 쟁반의 찬이 맛있고 또 풍성했지요
일행 모두 주인의 덕을 송찬하는데
뭇 사람 입에서 나온 말이 한 입에서 나온 듯
그 은덕에 배부른 뒤 무엇이 필요한가
그 자리에 다행히 좋은 술 가지고 온 이 있어
안주 있고 술 있고 짝도 있게 되었으니
좋은 날 우아한 심회를 저버릴 수 없었지요

둘러 앉아 시 읊조리고 논하니
좋은 구 마음에 들면 절로 머리를 끄덕였고

설령 흠을 지적하며 놀리기도 하였지만

진실한 정으로 이룬 것이어서 누추한 구라고 여기지 않았지요

노반魯班의 문 앞에서 어찌 도끼질 자랑을 하겠는가만

잔뜩 취한 뒤니 붓 휘둘러도 되겠지요

하지만 취중의 붓장난이라 줄도 맞지 않고

글자 모습은 삐뚤빼뚤 무슨 자인지 알기 어려울 지경

인간사 어느 것이 이 즐거움만 하겠는가

주인이 자리를 마련하고 객이 그것을 누리는 이 즐거움

헤어진 뒤엔 좋은 만남이 짧았음을 늘 애석해 하는 법

다시 만나기를 목 빼고 기다리는 한 달 서른 날이 길겠구나

그대에게 묻노니 그날 만취한 모습

즐거움에 너무 빠져 법도를 어기지나 않았는지요

얽매임 없는 행동 또한 자유로운 선비의 풍류이니

바라건대 너그러이 봐주시고 심히 허물하지 마시라

소현은 홍자민洪資旼 씨이다. 초대를 받아 그의 서실에서 자하시사 모임을 하였다. 곳곳에 서예 작품과 동양화가 걸려 있는 곳에서 주인의 환대를 받았다. '노반'은 유명한 목공木工이고 기계 설계자이다. 소현 앞에서 술이 취해 붓을 휘둘렀으니 노반 앞에서 도끼질 자랑한 것과 진배없지만, 즐거운 자리에서 그게 무슨 허물이 되겠는가? 다음 번 모임도 여기에서 하기로 했다. 잊지 못할 자리이고 기다려지는 자리이다.

題素玄書室三首 其一

素繪成玄境
萬象欲躍紙
了無煙火氣
畫人兩品似

• 論語有繪事後素語(≪논어≫에 '繪事後素(흰 비단 바탕을 마련한 뒤에 그림을 그린다)'
라는 말이 있다.)

소현서실에 제하다 ^{제1수}

흰 바탕에 그린 그림이
현묘한 경지를 이루니
온갖 물상이
종이 위에서 튀어나올 듯하다

연화기가
전혀 없으니
그림과 사람의 품격이
서로 닮아서라

제1구는 서실 이름이 소현素玄인 데 착안한 것이다. '연화기'는 속기를 뜻한다. 그림에
속기가 없으니 그린 사람의 인품을 가늠할 수 있다.

題素玄書室三首 其二

奇思如龍幻

鈍手實難擒

已禿幾多管

運筆自應心

소현서실에 제하다 제2수

기이한 생각은
용처럼 허환虛幻하니
둔한 손으로는
붙잡아 그려내기 어려운 법

털이 다 닳은 붓이
몇 자루나 되었을까
마음먹은 대로
붓이 절로 움직이니

題素玄書室三首 其三

慘澹後命筆
傳神不求形
今看無邊春
寫在一枝馨

소현서실에 제하다 ^{제3수}

고심하여 구상한 후
붓을 움직여서
모습 닮기를 추구하지 않고
그 정신을 표현하였지

이제 보니
가없는 봄기운이
꽃이 향기로운 나뭇가지 하나에
그려져 있다

山寺二首 其一

深谷亦傳春
韶光招俗人
閑花無巧僞
鳴鳥自天眞
行世漸衰臉
尋山猶旺神
幽區韜未盡
有客墮紅塵

산사 ^{제1수}

깊은 골에도
봄이 전해져
따스한 그 빛이
세속 사람 부른다

한가로운 꽃은
꾸미거나 거짓된 모습 없고
우는 새는
그 소리 절로 천진스럽다

세상 길 다니느라
얼굴이 점점 시들었는데
산을 찾으니
신기神氣가 오히려 왕성해지는 듯

깊숙한 이 곳
제대로 감추지 못해
이 나그네 찾아와
속세의 홍진紅塵을 떨어뜨린다

같은 운자로 두 수를 지었다.

山寺二首 其二

雙林永祀春
三界暫時人
隨喜緣由宿
開迷法示眞
慾機何滅念
禪味助精神
夕磬遙遙響
齋心拂垢塵

산사 제2수

쌍림의 사원은
영원히 봄날 같건만
삼계의 사람은
잠시만 살고 만다
불상을 참배하며 느끼는 기쁨은
숙세의 인연 때문
미혹한 마음 깨우쳐 주는 불법이
참된 경지 보여준다

욕망을 일으키는 마음
어찌하면 없애나
정신을 전일專―하게 하는 데
선禪의 맛이 도움 되니
저녁 종소리
아득히 울릴 제
마음을 재계하며
더러운 먼지 털어낸다

'쌍림'은 절을 뜻하는 말이다.

盛夏山村夜景

仲夏山村急時令
纔收耒耜已冥天
婦忙爨飯燒柴木
兒欲逐蚊爲燎煙
何物忘勞呼濁酒
疲身洗汗汲清泉
庭床情話咸當務
農舍願心占有年
夜入圍籬瓠影白
燈消土室月加姸
四圍寂寞人眠後
蛙黽爭聲聒夜田

한여름 산촌의 밤 풍경

오월 여름 산촌에
할 일이 많아
호미 쟁기 거두자
하늘 이미 어둡다

아낙은 밥 짓느라
땔나무에 불 지피고
아이는 모기 쫓느라
화톳불로 연기 피운다

피로를 잊게 해주는 것 무엇이겠는가
막걸리 가져오라 소리치고는
지친 몸의 땀 씻느라
맑은 물 길어 올린다

뜰의 평상에서 하는 정겨운 이야기란
모두 이 때에 할 일
농가의 바람은
풍년드는 것

밤이 든 채마밭
박꽃이 하얗게 비치고

등 꺼진 흙집
달이 더욱 아름답다

사람이 잠든 뒤
사위가 고요한데
개구리 맹꽁이 다투어 우는 소리에
한밤의 논밭이 시끄럽다

칠언배율이다.

田家夏夜嘆

向村途上息欅蔭
遇聞田翁罵炎天
爲勞其苦故笑問
田沃稼好將有年
日治農事誠愚事
廢農無爲却謂賢
輸入穀物其價賤
自營所得不如前
況且洞里無少壯
何奈門前千頃田
治者開口說農重
曾無一人解倒懸
語畢手拭皺頰汗
攢眉長噓煙草煙
晚到田家將寄宿
氣清寢席宜甘眠
戶納夜凉凉似秋
却感煩蒸終夜連
此宿本爲逃市暑
更苦煩熱是何緣
晝聽欲忘忘不得
胸中恰似有壓焉

輾轉竟緣心緒亂
徒怨窗外月色妍

농가 여름밤의 한탄

시골 마을 가는 도중
느티나무 그늘에서 쉬다가
노인이 뜨거운 날씨 욕하는 소리를
우연히 듣게 되어
고생하는 것 위로하려 짐짓 웃으면서 물었다
전답이 비옥하고 작물이 잘 되었으니 풍년이 들겠지요

그러자 이렇게 말하였다
농사짓는 것은 정말로 어리석은 일이요
농사 팽개치고 아무 일도 안하는 게
도리어 현명한 게지요
수입한 곡물
그 가격이 싸다보니
농사 자영해서 얻는 소득이
예전만 못하다오
하물며 동리에 젊은이가
별로 없으니
문 앞 천 이랑의 전답은
또 어찌 하겠소
정치하는 사람들
입만 열면 농업이 중요하다 하지만
이 어려움 해결해주는 사람

한 사람도 없더이다

말이 끝나자
주름진 뺨에 흐르는 땀을 손으로 닦고
이맛살 찌푸리며
담배 연기를 길게 내뿜었다

저녁에 농가에 도착하여
하룻밤 묵으려니
기운 맑은 잠자리는
달게 자기에 딱 좋았고
문에 밤의 서늘한 기운 들어
그 서늘함이 가을 같은데도
도리어 답답하고 짜증스러운 느낌이
밤새 이어진다

여기서 자려 한 것은
본래 도시의 더위에서 도망치고자 해서인데
마음이 더 답답하고 더운 것은
무엇 때문인가
낮에 들은 이야기를
잊어버리려고 해도 잊히지 않아
가슴 속에 무언가가
누르는 것 같아서이다

밤새 뒤척이며 잠 못 드는 것은
결국 심사가 어지러워서인데
그런데도 창밖의 고운 달빛 탓인가 하여
공연스레 달을 원망한다

夏日田野卽事

五月野坰無稼事
午時人迹罕長阡
風吹綠稻生奔浪
白鷺驚飛萬頃田

여름날 들판

오월의 들에
농사일이 없어
한낮 긴 두둑에
인적이 드물다

바람이 푸른빛 벼에 불어
치달리는 물결 이니
만 경頃 넓은 논에
흰 해오라기가 놀라서 날아오른다

詠蟬得情字

薄暮夏林靜

群蟬如沸羹

羽衣遮葉隱

歌響滿山盈

物化多年蛻

斯生幾日營

莫嫌心急促

欲以罄哀情

● 大雅蕩如蜩如螗如沸如羹(≪시경·대아·탕≫에 "매미 소리 같이 그리고 뜨거운 물 끓듯
이 시끄럽고 어지럽다."라는 말이 있다.)

매미를 읊다 ^{'정情' 자를 운자로 얻다}

초저녁에
여름 숲 고요한데
뭇 매미 소란한 게
뜨거운 물이 끓는 듯

깃털 옷차림
숲에 가려져 보이지 않으나
노랫소리는
온 산에 가득하다

여러 해 걸려
허물 벗은 몸인데
며칠이나
살 수 있을까

왜 그리 마음 급하냐고
꺼리지 마시라
애달픈 그 마음 다 쏟아내려
저리하는 것이니

매미는 알로 태어나 애벌레로 사는 기간이 대략 7년이다. 다시 허물을 벗어 매미가
되는데 매미로 사는 기간은 고작 10일 정도라고 하니, 그 10일 사이에 하고 싶은 말과
부르고 싶은 노래가 얼마나 많을까?

山寺池蓮

清晨停履立
古寺小池東
隱霧疑聞芯
凌漣見吐紅
本生金地上
偶在垢區中
分手今朝後
宿緣何處逢

산사의 수련

오래된 절
작은 못 동쪽에
이른 아침
걸음 멈추고 섰다

새벽안개 속에
향기를 맡은 듯하더니
물결 위로 토하는 붉은 기운
보인다

황금을 깐 부처의 땅에
살던 몸
우연히
먼지 낀 세속에 있구나

오늘 아침
헤어지고 나면
묵은 인연
어디서 다시 만날까

病起

經旬病起深追悔
日益工夫素性乖
揀滿架書將賣了
靑山高臥盡生涯

* 老子爲學日益爲道日損損之又損以至於無爲(≪老子≫에 "학문을 하면 날로 더하고 도
  를 하면 날로 던다. 덜고 또 덜어 무위에 이른다."라는 말이 있다.)
* 杜甫遊何將軍山林詩有盡揀書籍賣(두보가 하 장군의 산림에 놀고서 쓴 시(<陪鄭廣文遊
  何將軍山林十首>)에 "책을 죄다 집어 팔다."라는 구가 있다.)

병이 나아 일어나다

열흘 병을 앓다가 일어나서
깊이 후회하니
날로 더하는 공부는
타고난 성정과 맞지 않아서라

서가 가득한 책을 집어다가
팔아버리고
앞으로는 푸른 산에 높이 누워
남은 생을 다해야지

秋日晚望

遊目對秋山
池樓獨坐閑
鳥歸斜照外
蟬歇寂林間
人意惜時變
物情隨氣環
達生何惱亂
來去一般般

가을 저녁

가을 산을 마주하고
이리저리 바라보며
못가 누각에
한가롭게 혼자 앉았다

석양 너머로
새가 돌아가고
적막한 숲속에서
매미는 울음 그쳤다

사람 마음이야
바뀌는 시절이 아쉽지만
사물의 실정이란
순환하는 기운을 따르는 것

생에 통달하였다면
무엇을 번뇌하랴
가고 오는 게
매한가지이니

追慕龜岩先生
癸未年九月江西區廳開全國漢詩白日場予參與考選職因而步韻綴句敢示諸人

天意矜民欲濟時

龜岩秀氣萃吾師

異能起號秩班朧

妙義問岐方數遺

寇難扈行宸相定

疫殃劬祿衆寃醫

杏林春澤救衰疾

承業又新千姓期

- 龜岩許浚先生雅號('구암'은 허준 선생의 아호이다.)
- 蒙求標題有扁鵲起號起號以比療救光海君(≪몽구≫의 표제에 '扁鵲起號(편작이 괵나라의 죽은 태자를 소생시키다)'이 있다. '기괵'은 광해군의 병을 치료한 것을 비유한다.)
- 妙義問岐指黃帝內經以比撰述東醫寶鑑('묘의문기'는 ≪황제내경≫을 가리키며, ≪동의보감≫을 찬술한 것을 비유한다.

허준 선생은 임란 전에 광해군의 두창을 치료하여 당상관이 되었다. 임란 후에는 세자가 된 광해군의 난치병을 치료하여 동반東班에 올랐으며, 의주로 파천播遷한 선조를 호종하여 호종공신이 되었다. 위정자가 정치를 잘못하여 백성이 병고에 시달렸으니 원통했을 것인데, 선생은 인술을 베풀어 그 마음을 치료해 주었다.

중국 한의학의 최고 고전인 ≪황제내경≫은 전설상의 황제인 황제黃帝와 그의 신하이면서 전설적인 명의인 기백岐伯이 문답하는 방식으로 의술을 논한 책이다. 허준 선생의 ≪동의보감≫은 양예수楊禮壽 등 여러 한의학자와 함께 상의하여 찬술하였다. 이 책은 우리나라 한의학의 최고 고전이니, 그 가치와 위상이 ≪황제내경≫과 다를 바 없을 것이다.

중국 삼국시대 오吳나라의 동봉董奉은 여산廬山에 은거하면서 환자를 치료하였는데, 치료비로 돈을 받지 않고 중증 환자는 살구나무 다섯 그루, 경증 환자는 살구나무 한 그루를 심게 하고 살구나무로 생긴 소득을 어려운 사람을 위해 사용하였다. 이로 인해 '행림'은

구암 선생을 추모하다

계미년 9월 강서구청에서 전국한시백일장을 열었는데. 나는 고선직에 참여하게 되었다. 이 때문에 그 운에 맞추어 구절을 엮어 감히 사람들에게 보인다.

하늘의 뜻이 백성을 긍휼히 여겨
어려운 시절을 구제하고자 하니
구암 바위의 빼어난 정기가
우리 스승에게 모아졌다

기이한 능력으로 왕세자를 살려 일으켜
반열이 높아졌고
오묘한 뜻을 명의들과 문답하여
뛰어난 의술을 남기셨다

왜구의 난에 호종하니
임금님 안색이 안정되었고
역병 치료에 힘을 써
뭇 사람 원통한 마음을 치료하셨다

살구 숲의 봄 은택 같은 의술이
늙고 병든 이를 살리니
앞사람이 남긴 업적을 잇고 발전시키기를
우리 모두 기대한다

좋은 의사나 의술을 대칭하고, '행림춘만杏林春滿', '예만행림譽滿杏林' 등의 표현으로 의술이 고명함을 말한다.
이 시에는 이상에서 말한 허준 선생의 사적과 여러 고사가 활용되었다.

鳴聲山

抱川郡有一座山名曰鳴聲山頂無樹林却有芒植數畝秋日白花開遊客無
絕相傳弓裔軍敗績後屯於此地士兵泣號其聲鳴山故名山如此云云

山巔積歲芒花老

應見王師泣號聲

日月拭清遺躅處

至今猶有谷風鳴

명성산

포천군에 이름이 '명성'인 산이 있다. 산꼭대기에 나무숲은 없고 도리어 억새가 몇 무 심어져 있는데, 가을이면 흰색 꽃이 피어 유람객이 끊어지지 않는다. 전해지는 이야기로는 궁예의 군대가 대패한 뒤 이곳에 주둔하자 사병들이 소리쳐 울었는데, 그 울음소리가 산을 울렸기에 산 이름을 이렇게 지었다고 한다.

산머리에 세월 쌓여

억새꽃 늙었으니

왕의 군대 소리쳐 우는 소리

응당 들어 보았겠지

그곳에 남긴 자취

해와 달이 깨끗이 지워버렸지만

골짝 바람의 우는 소리는

오늘까지도 남아있다

억새꽃의 색은 노인의 머리털을 연상시킨다. 오랜 세월 산 위에 있었으니, 혹 삼국시대 당시 궁예의 군사가 우는 모습도 보지 않았을까?

山頂湖水

巉崖四處相環列
麓岸瀿函千頃波
澄水凝看山頂影
芒花彷彿舞婆娑

산정호수

깎아지른 벼랑
사방으로 둘러싸
산기슭 언덕에
천 이랑 파도가 모여 담겼다

맑은 물에 비친 산머리의 그림자
자세히 보다 보니
억새꽃 어지러이 춤추는 모습이
보이는 듯도 하다

文殊庵望多島海

文殊庵在慶南固城郡武夷山上俯臨南海群島相傳文殊菩薩現身於此地

庵臨溟渤背嶙峋

靈應何途能現身

小島纍纍羅遠近

用爲矼石至南濱

문수암에서 다도해를 바라보다

문수암은 경남 고성군 무이산 위에 있으며, 남해의 여러 섬을 굽어보고 있다. 전해지는 이야기로는 문수보살이 이곳에 현신했다고 한다.

암자 앞에는 넓은 바다

뒤에는 깎아지른 산이니

영험을 보이려고 현신할 때

어떤 길로 왔을까

자그만 섬이 이어져

멀고 가까운 곳에 늘어서 있으니

그것을 징검다리 삼아

남쪽 물가에 이르렀겠지

문수암 바로 아래가 남해 바다인데 작은 섬들이 옹기종기 모여 있어 장관이다. 문수암은 무이산에 위치하여 깎아지른 벼랑을 등지고 있고 그 아래가 바로 바다이다. 앞뒤로 다닐 만한 길이 없어 보이는데 문수보살은 어떻게 현신했을까? 혹 그 앞에 있는 섬을 징검다리 삼아 밟고 왔을까?

外浦里海鷗

渡水上客船
發於江都濱
目睹海鷗群
船尾逐遊人
曰此何鳥耶
却與人情親
就中有悖理
感歎使眉顰
擲餌卽迎取
水無所落淪
防墜祗鼓翼
乘虛能停身
咫尺看嘴臉
向我眼凝神
對之驚而訝
妙技此境臻
賦性何如此
趁利反自馴
萬里翱翔姿
從此不能伸
形爲口腹役
豪邁已滅泯

貪小以喪志
物與人同均
鷗乎今勸汝
勉勵復其眞
高飛到滄海
充飢攫魚鱗
褻狎何可倚
機心竟不純
不如白影去
浩蕩沒波煙

* 外浦里在江華島(외포리는 강화도에 있다.)

외포리 갈매기

물을 건너려고 객선에 올라
강화도 물가에서 출발하다가
바다 갈매기 무리가
선미에서 유람객을 뒤따르는 것 목도하였네

이게 무슨 새이기에
도리어 사람과 친할까
그 가운데에 자연의 이치와 어긋난 게 있어
탄식하며 이맛살 찌푸리게 된다

먹이 던지니 바로 받아서 먹어
물에 떨어뜨리는 게 전혀 없고
몸의 추락을 단지 날갯짓만으로 막아내고
허공을 타고서도 몸을 능히 멈춘다

지척 바로 앞에서 그 부리와 얼굴을 보니
나를 빤히 쳐다보는 그 눈에 정신이 집중된 듯
이런 광경 대하면서 놀라고 의아했으니
신묘한 기술이 이런 경지에 이르러서라

타고난 천성이 어찌 이 같았으랴
이익 좇느라 자신의 몸을 천성과 상반되게 길들였으니

만 리를 나는 그 자태는
이로부터 펼칠 수가 없었었겠지

입과 배를 채우려고 몸을 부리다
호매한 기상이 이미 없어져버렸으니
작은 것을 탐하다 뜻을 잃는 것은
동물도 사람과 매한가지라

갈매기야 이제 너에게 권하니
애쓰고 힘써서 참된 모습으로 돌아가거라
높이 날아 넓은 바다로 가서
물고기 잡아 쥐고서 배고픔을 해결해야지

사람들이 좋아라 하는 것 어찌 믿으랴
그 기심機心은 결국 불순하리니
흰 그림자 멀리 떠나가서
아득히 연파 속에 사라짐만 못하리라

遊淨水寺

緩步林間尋古刹
風鈴隱響引遊人
名區何以保淸淨
爲有潮風吹俗塵

* 淨水寺在江華島(정수사는 강화도에 있다.)

정수사에 노닐다

나무 숲 사이를 천천히 걸어
오래된 사찰 찾았더니
은은한 풍경소리가
나그네를 이끈다

이름난 곳인데도
무엇이 그 청정함을 지켜주었을까
세속 먼지를 불어 없애주는
바닷바람이 있어서겠지

정수사는 청정도량의 고즈넉한 면모를 보여주는 고찰이다. 섬에 있기에 찾아오는 사
람이 적어서 그럴 수 있었겠지만, 혹 바닷바람이 뭍의 속기를 차단해주었기 때문은
아닐까 하는 생각도 들어 이 시를 지었다.

夢中作詩覺後作

昨夜夢寐裏
苦吟菊花姿
不知幾句作
綴詞造意奇
嘻嘻心竊料
明日友集時
噴涎說妙得
可使皆解頤
覺後却何如
隻字無留遺
虛空急追捕
杳然不能追
恰如浮漚滅
起坐發噓噫
幻影來又去
操縱竟是誰
詩社今月課
詩魔已知之
趁機氣焰吐
逢場技藝施
終夜擾我心
嘷嚟徒勞思

116

魔情常刻薄
今夜又調欺
然而何甚嘆
人生亦如斯
忽忽百年後
生前應不知
已往勿吝惜
得失相伴隨
雖失菊花詠
反得責魔詩

꿈속에서 시를 짓다가 깨어나서 쓴 시

어젯밤 꿈속에서
국화의 자태 읊느라 애를 썼으니
몇 구를 지었던가
글귀 엮고 생각 다듬은 게 기발했네

희희낙락하며 속으로 생각했지
내일 글벗이 모였을 때
묘하게 얻은 이 시구를 침 튀겨가며 신나게 말하면
모두들 턱 벌리고 즐거워하리라고

깨고 나니 도리어 어떻게 되었는가
한 자도 남아 있는 게 없어
허공을 향해 급히 뒤쫓으며 잡으려 했지만
묘연한 행적 쫓을 수가 없구나
마치 물거품이 사라진 듯하여
일어나 앉아 한숨만 내쉰다

이 환영이 왔다가는 가버렸으니
이를 조종한 놈은 도대체 누구인가
시사의 이번 달 과제를
시마詩魔가 이미 알고 있었던 것
좋은 기회를 틈타 기염을 토하고

깔아준 판을 만나 재주를 부린 게지

밤새 내 마음을 어지럽히며
잠꼬대까지 하며 머리 쓴 게 다 헛수고
마귀의 마음은 늘 각박하더니
오늘밤에도 또 나를 가지고 놀았구나

허나 심히 탄식할 건 또 뭐 있나
사람 삶도 또한 이 같아
백년이 훌훌히 지난 뒤
생전의 일 응당 알지 못하겠지

이왕지사 아까워하지 말자
득과 실이 늘 함께 하는 법이어서
비록 국화 읊은 것은 잃어버렸지만
반면에 시마를 꾸짖는 이 시를 얻었으니

시를 짓다보면 시마詩魔가 들어 그것에 시달린다. 좋은 표현도 있을 텐데 왜 시마라고 했을까? 시 지어야 할 때 오면 도움이 되어 좋으련만 그때는 오지 않다가, 시를 그만 짓고 쉬고 싶을 때 도리어 나타나 마음을 괴롭힌다. 하물며 꿈속에 나타나서 잠을 설치게도 하니 마귀인 게 분명하다.

盆菊

霜女將頹百卉園
毅然獨發飾栽盆
容如笑靨華光麗
色比金袍貴態存
高傲異凡能引眼
幽閒脫俗又銷魂
玉堂堪薦但斯物
氣像可宜君子尊

* 菊花名品中有笑靨御袍黃皆是黃色品種(국화 명품 중에 '소엽'과 '어포황'이 있는데, 모두 황색 품종이다.)

120

화분 속 국화

서리의 신 상녀霜女가
동산의 뭇 화초를 퇴락시키려 할 때
꼿꼿하게 홀로 피어
화분을 꾸미고 있으니
웃음 띤 보조개 같은 모습은
화려한 광채가 아름답고
황금빛 겉옷 같은 색에는
귀티가 난다

고상한 그 자태는 범상한 꽃과 달라
사람 눈길을 끌고
그윽한 정취는 속기를 벗어나
또 넋을 나가게 한다
옥당玉堂에 바칠 만한 것은
오직 이것뿐이니
그 기상이
군자의 존귀함에 어울려서라

화분에 심겨 있는 황국黃菊을 읊은 시이다. 서리의 여신은 질투가 심한지 뭇 아름다운
꽃을 시들게 한다. 그러나 국화는 어쩌지 못하였나 보다. 아름다운 보조개에 귀티 나는
모습, 게다가 고상한 품위와 그윽한 정취도 갖추었으니 옥당 군자의 짝이 될 만하다.
기본 격률을 지켰을 뿐만 아니라 출구 구각에 사성을 번갈아 사용하여 두보의 가법家法을
따랐다. 국화를 군자의 짝인 아름답고 고상한 여인에 비겼으니 격률도 엄정해야 하지
않겠는가? 시에 나오는 '상녀'는 서리를 관장하는 여신이다.

籬菊

商風振威落葉紛
有菊獨立含淸芬
裁處不關依籬植
玩時還要傾酒醺
節華孤傲今得見
高士閒逸何從聞
陋屋將植五株柳
九日與汝仰停雲

* 陶淵明有停雲詩自序云停雲思親友也(도연명의 시에 <정운>이 있는데 그 자서에서 "'정운'은 친구를 그리워한 것이다."라고 하였다.)
* 節華菊花別稱('절화'는 국화의 별칭이다.)

122

울타리 아래 국화

가을 바람이 위세를 떨쳐
낙엽이 분분한데
국화만 홀로 서서
맑은 향기 품었구나

키우는 곳이야
울타리 옆에 심었대도 상관없지만
완상할 때면
그래도 술 기울여 취해야만 하리

절조 있는 이 꽃의 외롭고도 오만한 기상은
지금도 볼 수 있지만
고상한 선비의 한가롭고 자유로운 풍취는
어디에서 들을까

누추한 내 집에다
다섯 그루 버드나무를 심어볼까
구월구일 중양절이 오면
너와 함께 하늘에 머문 구름 올려다보아야지

도연명은 울타리에 국화를 심고 국화가 한창인 중양절이면 술에 취했다. 집 옆에 다섯
그루 버드나무가 있었기에 스스로 오류선생이라 칭한 그는 벗이 생각날 때면 하늘에

머물고 있는 구름을 보았다. 도연명 같은 은일지사라야 국화를 진정으로 사랑할 수 있을 터인데, 이제는 그런 이가 없으니 국화의 심사가 어떨까? 하늘의 구름 보면서 도연명을 그리워하고 있을 텐데, 나라도 대신해주고 싶은 마음이 든다.

압운과 대구를 보면 율시이지만 평측 배열이 일반 율시와 다르니, 이른바 요체拗體 칠언율시이다. 이 시에서 읊는 국화는 들국화이니, 격률이 엄정하면 어울리지 않을 것 같아 앞의 〈盆菊〉 시와 달리 요체로 지어 보았다.

對野菊

古道蔽屣棄
獨善今世輕
避隱置度外
名譽唯所營
野花隨天賦
自占幽處生
清露洗閒逸
嚴霜見堅貞
翹頸待何人
已無晉淵明
嘆時發嗟乎
對此難爲情

들국화를 마주하다

옛 도 버리기를
낡은 신발 팽개치듯 하고
홀로 바르게 살려는 정신을
요즈음 사람은 가볍게 여겨서
세속 피해 은거하는 일은
도외시하고
오직 명예만을
이루려고 한다

들에 핀 이 꽃은
하늘이 부여한 명을 따라
스스로 그윽한 곳을 차지해
한적한 삶을 살고 있으니
맑은 이슬이
한가하고 자유로운 자태를 씻어주고
된서리가
굳건하고 곧은 지조를 보여 준다

목을 빼들고
누구를 기다리나
진나라 도연명이 없어진 지
이미 오래거늘

이런 시대를 탄식하여
한숨 소리 내쉬면서
들국화의 이 모습을 마주하고 있자니
마음이 편치 않다

病中偶吟

形役虛名費半生
病床却使省身明
且將樂事送餘歲
一日一篇吟性情

병중에 우연히 읊다

헛된 명성이 육신을 부려
반평생을 허비했는데
병들어 누운 침상이
도리어 내 자신을 성찰하여 깨닫게 한다

앞으로는 즐거운 일로
남은 해를 보내야 할 터
하루에 한 편씩
내 성정을 읊으리라

題詩庭書齋

百尺樓中一間室
敞開軒戶對汀洲
案頭儻若心疲嬾
時看長江不舍流

* 詩庭高眞雅博士之雅號其居在京畿道德沼(시정은 고진아 박사의 아호이다. 그 거처는 경기도 덕소에 있다.)

시정의 서재에 쓰다

백 척 건물 속의
한 칸 서재 방
탁 트인 창이
물가를 마주한다

책상머리에서
마음이 지치거나 게을러지면
때때로
긴 강의 쉼 없는 흐름을 본다

쉬지 않고 흐르는 강물은 독서인에게 경책警策이 될 것이다.

詩庭書齋望漢江

沙岸與樹洲
畫情隨望造
斜日照江時
流光看更好

시정의 서재에서 한강을 바라보다

모래가 있는 강 언덕
나무가 자란 물가 섬
바라보는 곳마다
그림 속 정취가 만들어진다

비낀 해가
강을 비출 때
흐르는 물빛 보면
그 정취 더욱 좋다

詠蓮翁雪景山水圖

陰天雪滿山
背面拖筇去
都是畫中人
無由問向處

尹德熙朝鮮朝文人畵家蓮翁其號(윤덕희는 조선조 문인화가이다. 연옹은 그의 호이다.)

연옹의 설경산수도를 읊다

흐린 하늘
산에 가득한 눈
그것을 등지고서
지팡이 끌고 간다

결국 그림 속 사람이니
어디로 가냐고 물을 길이 없다

初雪

喜看瑩色映窗明
昨夜偷來獨舞輕
初面應嫌論儀態
影消不待短詩成

첫눈

창에 밝게 비친 반짝이는 빛
기뻐하며 보게 되니
어젯밤 몰래 와
홀로 춤추는 모습 사뿐했겠네

초면에 사람이 몸태를 논할까
꺼렸었는가
짧은 시 한 수 지어 읊는 것도 기다리지 않고
그 그림자 사라졌다

———
밤새 내린 첫눈이 이른 아침까지 나부끼고 있었다. 그 모습 보고 반가워 시를 읊으려
고 했었지만, 짧은 절구 한 수 짓기도 전에 사라졌으니 수줍어서 그랬을까?

雪晴後校庭即事

朝暉峰嶂白光盈
風拂庭柯雪片輕
役老何由揮帚急
幽人吟詠尚多情

눈 갠 뒤 교정에서의 일

산봉우리에 아침 햇살 비추자
흰빛이 가득하고
교정 나뭇가지에 바람 스치자
눈 조각이 가볍게 떨어져 날린다

청소하는 어르신
왜 그리도 급하게 비를 휘두르시나
설경雪景을 읊조리고 있는 이 사람에겐
아직도 많은 감정이 남아 있다오

雪霽望月寄友人

雪光四處步溪遊
仰看群星耿耿流
興似剡中行返夜
吾心乘月向君浮

눈이 갠 밤에 달을 보면서 벗에게 부치다

사방 곳곳에 쌓인 눈이 빛나는 밤
시냇가를 걸어 다니다가
뭇 별빛 반짝이며 흐르는 하늘을
올려다 본다

이때의 흥이
벗이 그리워 갔다가 온 섬계의 밤과 같아
내 마음 달을 타고
그대를 향해 떠간다

중국 동진東晉 시대의 왕휘지王徽之는 유명한 서예가인 왕희지王羲之의 아들이면서, 그 자신도 서예로 유명하다. 그가 산음山陰이라는 곳에 살 때이다. 어느 날 밤에 눈이 와 설경으로 곳곳이 아름다웠다. 이리저리 배회하며 시를 읊조리다가 벗인 대규戴逵가 생각나서 배를 타고 그가 있던 섬계剡溪로 갔다. 막상 그의 집 앞에 도착해서는 도리어 그를 만나지 않고 배를 돌려 다시 돌아왔다. 왜 만나지 않고 돌아왔냐고 묻는 사람이 있자, 흥이 나서 갔다가 흥이 다해 돌아온 것이니 반드시 만나야할 필요는 없다고 하였다. 흥이 나는 대로 행동하는 자유로운 문인 정신을 잘 보여주는 일화이다. 《세설신어世說新語·임탄任誕》에 이 일화가 수록되어 있다.
왕휘지는 벗을 만나기 위해 그날 배를 타고 갔지만 나는 이 밤 달을 타고 하늘의 은하를 통해 가려고 한다.

冠岳山頂俯望京城

崔嵬絶頂瞰畿寰
千萬家攢咫尺間
若使俯身伸肘臂
指頭恐或觸南山

관악산 정상에서 경성을 굽어보다

높고 높은 절정에서
경기 땅을 굽어보니
천만 가호家戶가
지척 사이에 모여 있다

만약 여기서 몸을 수그리고
팔을 쭉 뻗는다면
혹여 손가락 끝이
남산에도 닿을 듯

寄益山五首 其一

昨日益山告予曰爲着雪皮遊賞雪景入江原道山村三日後還京吾曾聞雪
皮踏雪時所着一種鞋子揉木枝成橢圓形其底頗廣用繩纏縈以防足陷雪
想像其樂羡之不已因而有寄

山村冬日用何載

跋雪雪皮功勝輀

數尺臨深脚行穩

縱橫四處樂無垠

- 益山金成坤敎授之雅號(익산은 김성곤 교수의 아호이다.)
- 益稷予乘四載隨山刊木孔傳所載者四水乘舟陸乘車泥乘輴山乘樏(≪서경·익직≫에 "내
  가 네 가지 탈것을 타고 산을 따라 나무를 제거했다."라는 말이 있는데, 공안국孔安國
  전에서 "타는 것이 네 가지이다. 물에서는 배를 타고, 뭍에서는 수레를 타고, 진흙에서는
  썰매를 타고 산에서는 등산 신발을 탔다."라고 하였다.)

익산에게 부치다 ^{제1수}

어제 익산이 나에게 설피를 신고 설경을 감상하려고 강원도 산촌에 들어갔다가 사흘 뒤에 서울로 돌아올 것이라고 알려주었다. 설피는 눈을 밟을 때 착용하는 일종의 신발인데, 나뭇가지를 구부려 타원형을 만들고 그 바닥이 자못 넓으며 새끼를 감아 발이 눈에 빠지는 것을 막아준다는 이야기를 내가 전에 들은 적이 있다. 그 즐거움을 상상하니 부럽기 그지없어 이에 이 시를 부치게 되었다.

산촌의 겨울에는
무엇을 타고 다니나
눈 위를 지날 때면
설피의 쓰임새가 썰매보다 낫다 하지

몇 자 깊이 눈이 쌓인 곳 앞에 있어도
발걸음이 안온하여
사방 곳곳 마음껏 쏘다니니
그 즐거움 그지없겠지

寄盆山五首 其二

雖防陷溺或嫌遲
滑面斜坡欲降時
雪馬換乘輕迅駛
恰如縮地乍驚疑

* 雪馬漢語謂之雪橇(썰매는 중국어로 '설교'라고 한다.)

146

익산에게 부치다 제2수

설피가 눈 속에 빠지는 일 막아는 주지만
어떤 때는 느린 것이 싫을 때도 있으니
매끄러운 비탈
내려가려고 할 때가 그렇겠지

그때 썰매로 갈아타고
경쾌하게 몰아가면
마치 축지법이라도 쓴 것 같아
언뜻 놀라며 의아해 하리라

설피를 타러 갔지만 때로는 썰매도 탔으리라. '설마雪馬'는 우리나라 말이고 중국어로
는 '설교雪橇'라고 한다. 중국인이 모를 것 같아 주에서 밝혀주었다.

寄盍山五首 其三

案頭嚼蠟無滋味
牢俎憑空豈得嘗
竟使心煩憎冊卷
遙知眼福享風光

익산에게 부치다 ^{제3수}

책상머리에서 밀랍을 씹으니
도무지 맛이 없어서
산해진미 좋은 맛을 상상하지만
상상한다고 어찌 맛볼 수 있겠는가

답답한 심사
앞에 놓인 책을 미워하니
안복眼福 있는 그대가 풍광 즐기고 있을 것을
멀리서도 알기 때문이라네

책상머리에 앉아 익산이 즐길 일을 상상하니, 밀랍을 씹으면서 소고기, 돼지고기, 양고기를 다 갖춘 대뢰大牢를 먹는 이를 부러워하는 것과 진배없다. 책보기가 딱 싫어지는 때이다.

寄盆山五首 其四

行處異凡裝亦異
恍遊別界正難重
燈窻拄頰紬詩思
丘壑成形已入胸

익산에게 부치다 제4수

다니는 곳이 범상한 데와 달라
차림새도 또한 다를 터인데
별천지에서의 황홀한 노님은
실로 다시 해보기 어려운 일

불 밝힌 창가에 앉아
턱 괴고서 시심을 뽑아낼 때
언덕과 골짜기가 모습을 이루어
이미 가슴 속에 들어와 있겠지

'흉중구학胸中丘壑'이란 말이 있다. 산수화를 그리려면 화가의 가슴 속에 자신의 생각
이 담긴 산수의 풍경이 이미 그려져 있어야 한다는 뜻이다. 설경의 별유천지別有天地에
서 설피를 신고 썰매를 타며 노는 즐거움은 익산도 다시 얻기 어려울 것이다. 이를
시에 남겨 두고두고 추억거리로 삼고 싶어서 밤중에 등을 켜고 시상을 다듬을 렌데,
의경意境이 이미 가슴 속에 있으니 누에고치에서 실이 뽑혀 나오듯이 시가 술술 나오
지 않겠는가?

寄盫山五首 其五

夢中三日詩囊滿
瑰句玲玲欲速聞
非是宛然眞景寫
卽將舉白請浮君

익산에게 부치다 제5수

꿈속에서 사흘을 보내면
시 담은 주머니가 가득할 터
주옥같은 글귀의 맑은 소리를
속히 듣고 싶구나

실지의 경물이
완연하게 그려져 있지 않다면
바로 벌주 잔을 들고서
그대에게 마시라고 할 게요

놀러 간 사람에게 과제를 주는 것이 못할 짓임을 모르는 바 아니나, 심통이 나는 것도
어쩔 수 없다.

再寄益山

晝天變色雪忽下
風吹片片覆紫陌
幸而霽晴日未晚
難料幾時得退食
朝聞豫報嶺東雪
君應喜看山川白
雪皮當雪能擅長
地利又加天時益
彼處逍遙自樂時
此處反是使心惕
皮靴濕雪審跬步
皮靴滑氷遲咫尺
手呵足頓嘆顚沛
肩竦頸縮行踽踖
爲買一兩賜送否
向後不怕盈膝積
綽然行色將何如
足着此物頭岸幘
傲晲行人戰兢態
八達衢街獨揮斥

154

다시 익산에게 부치다

낮 하늘의 빛이 변해
홀연 눈이 내리더니
조각조각 바람에 불려 날아
서울 일대의 들길을 덮었다
다행히 날 저물기 전에
눈이 개었지만
몇 시나 되어야 집에 갈 수 있을지
예측하기 어렵다

영동에 눈 내린다는 일기예보를
아침에 들었으니
그대는 산천의 하얀 풍광을 보며
분명 기뻐하고 있겠지
설피는 눈을 만나야
장기를 펼칠 수 있는 법
지리의 유리함에다
이제 또 천시의 도움도 받았구나

그곳은
소요하며 즐기는 때겠지만
반대로 이곳 눈은
사람을 두렵게 한다

구두가 눈에 젖을까봐
반걸음 뗄 때도 살피고
구두가 얼음에 미끄러질까봐
지척거리에도 더디다
손을 호호 불고 발을 동동 구르며
엎어지고 자빠지는 신세 탄식하고
어깨를 바짝 올리고 목을 잔뜩 움츠리고서
몸을 굽힌 채 걷고 있다

나를 위해
설피 한 켤레 사서 보내 주겠는가
그러면 향후에는
무릎까지 쌓인 눈도 무섭지 않을 걸세
느긋한 그 행색 어떠할지
미리 상상해 보니
발에는 이 물건 신고
머리는 모자를 뒤로 젖혀 쓰고서
길가는 이 전전긍긍하는 모습
오만하게 쳐다보면서
사통팔달 서울 거리를
나만 홀로 휘젓고 다니겠지

送李恩珠君遊學南京
李君修了首爾大學校大學院博士課程明年正月遊學於南京

紅顏窈窕娘

負笈出家鄉

求學精誠篤

臨程意氣揚

六朝將訪蹟

三楚悉觀光

王邑集文獻

天衢通序庠

春回占運泰

祖送祝徵祥

壯志應長盛

遊情可太康

夜風分手促

杯酒罷筵忘

此處酬離話

明朝竟異方

鍾山雲帶雨

淮水露爲霜

若有心懷切

鯉書傳渡洋

남경에 유학하는 이은주 군을 전송하다
이군은 서울대 대학원 박사과정을 수료하고 내년 정월에 남경에 유학한다.

홍안의 아리따운 아가씨
책 상자 짊어지고 고향을 떠나니
배움을 구하는 그 정성 독실하고
길 떠나기에 앞서 의기가 양양하다

여섯 왕조의 유적을 찾아다니며
세 초나라 땅의 문물을 모두 보게 될 터인데
왕의 고을에는 문헌이 모여 있고
도성 길은 학교로 통하리라

봄이 돌아오니 태평한 운수를 점치면서
길 떠나는 이를 보내며 앞날이 상서롭기를 축원하노니
씩씩한 뜻이야 오래도록 왕성해야겠지만
노는 마음은 너무 지나치지 말아야겠지

밤바람이 헤어지기를 재촉하지만
술 마시느라 자리 파할 줄 모른다
이곳에서 지금 이별의 말 주고받고 있지만
내일 아침이면 끝내 이국 땅에 있겠구나

종산鍾山의 구름이 비를 데리고 올 때
진회하秦淮河의 이슬이 서리로 바뀔 때

만약 그리움이 절실하면

잉어 뱃속에 편지 넣어 바다 건너 전하여 주시게

오언배율이다.

남경은 육조의 도읍지이다. '삼초'는 초 지역을 뜻한다. '종산'과 '진회하'는 모두 남경의 지명이다. 고시古詩에 잉어 뱃속을 갈라보니 그 속에 편지가 있었다는 이야기가 있다.

送藥友遊學南京二首 其一
藥友鄭鎭傑之雅號鄭君修了首爾大學校大學院博士課程明年正月遊學
於南京

六代帝王地

送君登路遙

臺城將問柳

孔廟必聽韶

離情憑美酒

款話盡淸宵

勿語一年短

心旌長蕩飄

남경에 유학하는 약우를 전송하다 ^{제1수}

약우는 정진걸 군의 아호이다. 정군은 서울대 대학원 박사과정을 수료하고
내년 정월에 남경에 유학한다.

육조 제왕의 땅
그 먼 길에 오르는 그대를 보낸다

대성臺城에서
버들에 대해 물을 테고
공자묘에서
소韶 음악을 듣게 되겠지

헤어지는 심사
좋은 술로 달래고
간곡한 말 나누며
이 맑은 밤을 지새운다

일 년이 짧다고
말하지 말라
마음의 깃발이
두고두고 흔들거릴 터이니

대성은 남경시 북쪽 현무호玄武湖 가에 그 터가 있다. 부근에 몇 리나 되는 둑이 있고 거기
에 심긴 버들이 유명하였다. 위장韋莊의 시에 "무정한 것은 정말로 대성의 버들이니, 여전
히 십 리 제방을 자욱한 빛으로 덮고 있다.(無情最是臺城柳, 依舊煙籠十里堤.)"라는 말이 있다.
남경 시내에 공자묘가 있다. '소'는 순임금이 지었다고 하는 악곡 이름이다. 이 시에서는
공자묘에서 연주하는 음악을 대칭한다.
이 시는 절요체折腰體로 지었다.

送藥友遊學南京二首 其二

秦淮望洌水

何抑恨茫茫

月色竟孤客

雨聲傷異鄉

夜船商女唱

古巷燕兒翔

對此千般意

吟詩寄八行

* 古巷指烏衣巷('오래된 골목'은 오의항을 가리킨다.)

남경에 유학하는 약우를 전송하다 ^{제2수}

진회하에서
한강을 바라볼 때
아득한 나그네 한
어찌 누를 수 있으랴

아름다운 달빛에서도
결국은 외로운 나그네 신세
빗소리에
타향임을 마음 아파하겠지

밤이면
장사하는 아낙이 배에서 노래하고
봄이 오면
오래된 골목에 제비가 날 터

이를 대할 때 생기는
천 가지 심사
그 모두 시로 읊어
편지에 담아 부치시게

진회하 일대는 불야성을 이루는 유명한 유흥가로 두목杜牧 등 여러 시인이 시로 읊은
곳이다. '오래된 골목'인 오의항은 유우석劉禹錫의 시로 유명하다. 남경에서 유학할 때 느
끼는 객수, 그곳의 유적지나 명소에서 느낀 감회, 약우가 이를 시에 담아 전해주길 바란다.

號姜君旼昊曰杜山作號說

杜陵奧境千年秘
仇浦評詮闢險關
今世誰承衣鉢者
韻山後出更高山

강민호 군의 호를 두산이라 지어주고 호설을 짓다

두릉杜陵의 깊숙한 경역은
천 년토록 감춰져 있었는데
구조오와 포기룡의 평론과 해석이
험한 그 관문을 열었다

지금 시대에
누가 그 의발을 이을까
운산韻山의 뒤에
더 높은 산이 나왔구나

두릉은 두보의 선조가 살던 곳으로, 흔히 두보를 대칭한다. 두보 시에 대해 수많은
사람이 주해하였지만, 청나라 강희 연간에 살았던 구조오仇兆鰲와 포기룡浦起龍에 의해
서 그 작법이 제대로 밝혀졌다.
강민호 군은 두보 시를 연구하여 우수한 논문을 써서 박사학위를 받았다. 두시 연구에
있어서 청출어람의 성취를 기대하여 호를 '두산'이라 지었다.

韻山漢詩 ≪癸未集≫을 읽고

― 不平可不鳴, 有情則有語 ―

강 민 호
서울대 중어중문학과 교수

운산韻山 선생님은 진정한 시인詩人이다. 현존하는 분들 중에 우리나라에서, 세계에서 최고의 한시 시인 중의 한 분이다. 선생님의 시는 당송시와 견주어도 손색이 없는 시가 많다. 이는 제자이기에 하는 상투적인 찬사가 아니다. 운산 선생님이 지금까지 지으신 1000여 수의 한시를 조금이라도 읽어본 사람은 충분히 공감할 것이다.

이 시집은 선생님이 20년 전 계미년癸未年, 즉 2003년에 지으신 것으로 그 이듬해에 신라출판사에서 출판되었다. 그전에도 적지 않은 시를 지었지만, 본래 이 시집의 후반부에 '습작기 작품'으로 수록하셨다. 그래서 사실상 ≪계미집癸未集≫은 선생님의 첫 시집이며, 시를 향한 대장정을 본격적으로 알리신 것이다. 20년 전에 출간한 시집에는 번역과 해설이 첨가되어 있지 않았다. 시인이 자기의 시에 대한 번역과 해설을 한다는 것도 사실 좀 말이 안 된다. 그렇다 보니 선생님의 '양춘백설陽春白雪' 같은 시를 제대로 알고 이해해주는 이가 거의 없었다. 번역과 해설은 제자들이 해야 하는데, 제자들도 선생님 시를 제대로 이해하지 못하는 경우가 많았다. 그래서 선생님께서

근래에 직접 역주를 다신 것이다. 그 과정에서 20년 전의 시를 많이 교정하여 시가 더욱 정채로워졌다. 시 번역도 구절대로의 축자역보다 구를 달리하기도 하면서 우리말 시 같은 맛도 살리고 있다. 뒤에 첨가된 설명도 촌철살인처럼 짧으면서 진솔하고 담박하여 시의 맛을 더하고 있다.

선생님은 시에 대한 열정이 대단하신 분이다. 흔히 시는 청춘의 문학이라고 한다. 서구의 시, 현대 시는 대부분 시인의 청년 시절에 창작되는 경우가 많기 때문이다. 하지만 한시는 중만년에 명작이 더 많다. 한시는 열정만으로 쓸 수 있는 것이 아니라, 풍부한 학문과 인생 경험이 기반이 되어야 하기 때문이다. 선생님의 시에는 '시마詩魔'에 걸린 듯한 열정과 함께 풍부한 학식과 경륜이 녹아 있다. 갈수록 뛰어난 한시를 쓰시니 갈수록 청춘이신 것 같다. 선생님은 자신의 시가 백거이 시풍, 즉 백체白體에 가깝다고 말씀하신다. 하지만 자세히 보면 이백의 호방함과 두보의 치밀함에 백거이의 편안함을 두루 겸비하고 계신다. 이러한 면모는 ≪계미집≫ 이후의 ≪갑신집≫ 등의 시집에서 더욱 두드러진다.

필자는 운산 선생님과의 인연이 참으로 오래되었다. 지금으로부터 35년 전인 1989년, 필자가 대학 1학년 때부터 선생님의 수업을 들었다. 중간고사 대비 때문에 자하연(서울대 1동 옆 연못) 가에서 당시를 외우고 있을 때였다. 누군가가 갑자기 다가와 내 어깨를 두드려주었다. 운산 선생님이셨다. 황급히 인사를 드리니, 벚꽃잎 날리는 연못가에서 시를 낭송하고 있는 모습이 너무 보기 좋았다고 하셨다. 그때 이후로도 선생님은 수시로 이때의 인상을 나에게 말씀하시곤 하셨다. 하지만 그 이후로 필자의 생활은 전공 공부나 한시 공부와는 거의 무관했다. 시류에 휩쓸려 당시 대학생들에게 흔히 보이는 생활을 했고, 군대를 갔다 온 이후로 고시 공부를 했다. 필자는 전공 공부를 거의 하지 않은 채, 4학년 2학기에 대학원 진학을 결심했다. 그 이후로도 그다지 열심히 공부했다고는 할 수 없다. 그럼에도 불구하고 운산 선생님으로부터 과분한 기대와 사랑을 지속적으로 받았다. 어쩌면 선생님께서 첫인상의 편견으로 나를 잘못 파악하신 것이다. 그렇다 보니 선생님께 가장 많은 실망을 안겨준 제자도 필자이다.

≪계미집≫에서 가장 공들여 쓴 것은 <서序> 시이다. 서문을 일운도저한 장편 오언고시로 쓴 것인데, 선생님의 시관詩觀과 시집을 내는 이유, 인생철학 등이 담겨 있다. 우선 이 자체가 훌륭한 시이기에, 보통 산문으로 서문을 쓰는 것과 격을 달리하고 있다. 즉, 선생님의 시에 대한 열정과 자부심이 표현된 것이다. 그중 일부를 보자.(분량상 번역을 원문 옆으로 옮기면서 번역의 단락 구분은 사라졌다.)

……

逍遙形骸外	형해形骸 밖에 소요하여
性靈脫狂圉	내 성령性靈을 감옥에서 벗어나게 하려 했는데
猖狂好古風	제멋대로 사는 기질이 고풍을 좋아한 탓에
時流相齟齬	시류와 맞지 않아
不平可不鳴	마음이 평온하지 않으니 어찌 울리지 않겠는가
有情則有語	이런저런 감정 따라 할 말이 있게 되었다
羈寓儻無伴	떠돌며 부쳐 사는 삶에 짝할 이 없다면
孤情誰與抒	외로운 심정을 누구에게 펼쳐낼까
醉鄉醒春夢	술 속에 있는 마을에서 봄꿈을 깨고 나면
詩是會心侶	시가 마음에 맞는 짝이었다
素有丘壑志	원래 구학丘壑에 뜻이 있어
物華忘寒暑	물상을 보며 추위 더위 잊고 살았고
搜勝樂清賞	승지勝地를 찾아 맑은 감상 즐길 때면

鍾期共詠咀   종자기 같은 지음과 함께 시를 읊조리며 음미했다
……

　　선생님은 재물과 명리에 관심이 없으시며 장자莊子를 좋아하시고 늘 강호
의 낚시꾼을 자처하셨다. 그래서 시류에 맞지 않는 '창광猖狂'한 모습으로
'고풍古風'을 좋아하시어 시를 낚으신 것이다. 한유韓愈는 '불평즉명不平則鳴'
이라고 했다. 선생님이 느끼신 '불평不平'을 가늠하기 쉽지 않지만 옛 시인과
거의 상통하는 것 같다. 그래서 이를 시구로 변화시켜 "마음이 평온하지 않으
니 어찌 울리지 않겠는가, 이런저런 감정 따라 할 말이 있게 되었다.(不平可不
鳴, 有情則有語.)"라고 하셨다. 고체시의 자연스럽고 거침없는 대구로 선생님의
문장관을 피력한 것이다. 선생님의 마음이 평온하지 않은 것은 깊은 정이
있기 때문이다. 선생님의 시를 보면 사람과 만물에 대한 깊은 애정이 있음을
느낄 수 있다. 그러한 애정이 묘한 시어의 울림으로 나온 것이다. 선생님은
평소에 호방한 성품으로 술을 즐겨 '취향醉鄕'에서 노닐고 시에서 '마음에
맞는 짝(心侶)'을 찾으셨다. 구학의 승지勝地에서 노닐며 '종자기 같은 지음(鍾
期)'과 함께 시를 읊조렸다고 했지만, 기실 지음이 거의 없었다. 그런 외로움
으로 더욱 시에 매진하신 것이다. 그래서 "차후에 나를 알아주거나 탓하는
것은, 시야 오직 너 때문일 것이다.(此後知罪者, 詩乎唯有汝.)"라고 하셨다.
　　선생님은 일찍이 '자하시사'라는 한시 창작 모임을 이끄셨다. <내 뜻을
적어 자하시사 여러 벗에게 보이다(述志示紫霞詩社諸友)>에도 선생님의 풍모와
시적 지향이 잘 담겨 있다. 조금 길지만 전문을 다 보자.

　　青蓮古風今不行
　　文章誰與抒中情
　　尙友古人期契合

猖狂獨自樂此生

瓊席不料獲參列

酬唱可以鳴不平

滿席文場傑

聰慧能領旨

因此自述平生志

藉酒敢示二三子

我是人間世上不羈人

甘作江湖樗櫟散

時世相與乖

何物是吾伴

萬斛酣醉輒留連

一首構思忘食鹽

但使保全六尺短軀

豈志榮辱浮沈是非支離間

無何有之鄉廣漠之野是何處

身寄象外心自閑

十年學屠龍

惜乎世無龍

慎勿夸衒掣鯨力

蠻觸爭處何所容

英華萬卷雖讀破

却將虛譽作浮煙

逃名恰如玄豹隱山巖

持身又如白鶴擇松巓

君不聞千秋萬歲名

寂寂寞寞身後事

應須身處自在自由境

何故心滯塵網塵路累

冬雪去

春風來

日月循環星推變

二月乾坤韶景回

妍花朵朵發

好鳥雙雙飛

喜逢萬品得時繁

自歎衰顏與昔違

幸餘半生返本然

茅舍將且茨於山澗石磯邊

明月下

淸風中

酒爲釣餌筆爲竿

布衣長作釣詩翁

청련거사 이태백의 고풍이

지금은 행해지지 않으니

시를 지어

누구에게 속마음 펼칠 수 있겠는가

옛사람을 벗 삼아 마음 맞기를 기대하면서

자유롭게 살며

나 홀로 삶을 즐기고자 했더니

뜻밖에 좋은 글 모임에 참석하게 되어

서로 수창하며

평온치 않은 심사를 표출할 수 있었다

자리에 가득한 글 마당의 영걸

172

그 총혜함이면 이해해주겠지 하고
내 평소의 뜻을 스스로 서술하여
술기운을 빌어
감히 그대들에게 보인다

나는 본시 인간세상의 매이지 않는 사람
쓸모없는 가죽나무나 상수리나무 되어
기꺼이 강호에서 살고자 했지
시절과 어긋난 신세이니
무엇이 내 짝이 될 수 있을까
만 곡 술에 취하면
아쉬운 마음에 번번이 자리를 떠나지 못했고
한 수 시를 구상할 때면
먹고 씻는 것도 잊어버렸다

그저 여섯 자 작은 몸뚱이 보전하면 그만이니
영욕이 부침하고 시비가 어지러이 얽힌 세간에
어찌 뜻을 두리오
무하유의 마을 광막의 들이 어디인가
이 몸을 형상 밖에 부쳐두니
마음 절로 한가롭다

열 해를 용 잡는 법 배웠지만
애석하다 세상에 용이 없구나
고래를 당기는 힘이라고 삼가 과시하지 말 것이니
달팽이 뿔 위 촉과 만이 다투는 데에서
어찌 받아들여지겠는가
좋은 책 만 권을 독파했어도

도리어 헛된 영예를 뜬 연기라 생각하여
명성 피하기를
검은 표범이 산 바위에 숨듯이 하고
몸가짐은
또 흰 학이 소나무 끝을 골라 깃들 듯하리라

그대는 듣지 않았는가
천추만세에 전해지는 이름도
쓸쓸하고 쓸쓸한 죽은 뒤의 일이라고
몸을 자유자재한 경지에 두어야 할 것이니
무엇 때문에
티끌 그물 티끌 세상길의 구속에 얽매이리오

겨울눈이 가고
봄바람이 온다
해와 달이 순환하고
별자리가 옮겨 바뀌니
이월의 건곤에 봄 경치가 돌아와서
고운 꽃이 송이송이 피어나고
어여쁜 새가 쌍쌍이 날아다닌다
만물이 때를 얻어 번성하니
그런 모습 만나 기쁘기도 하지만
시든 얼굴이 전과 다름에
절로 탄식하게 된다

다행히 이 인생의 반이 남아
본연으로 돌아갈 수 있으니
산 계곡물 바위 가에

장차 띠집을 엮어 짓고서
밝은 달 아래
맑은 바람 속에서
술을 낚싯밥 삼고 붓을 낚싯대 삼아
베옷 차림으로
길이길이 시 낚는 노인 노릇 하리라

　"청련거사 이태백의 고풍이 지금은 행해지지 않으니, 시를 지어 누구에게
속마음 펼칠 수 있겠는가(靑蓮古風今不行, 文章誰與抒中情.)"라고 하며 시를 시작
하고 있는데, 이 시가 바로 이태백의 시풍을 잘 체현하고 있는 잡언체 칠언고
시이다. 자유분방하고 호방한 기세가 전편에 넘친다. 선생님은 평소, "내가
논문은 주로 두보로 썼지만 내 사랑은 이백이다. 젊었을 때부터 이백 시를
읽으면 넘치는 취기醉氣를 주체할 수 없어 술을 많이 마셨다"는 말씀을 자주
하셨다. 그 술 속에 늘 시가 있었다. 그래서 "만 곡 술에 취하면 아쉬운 마음에
번번이 자리를 떠나지 못했고, 한 수 시를 구상할 때면 먹고 씻는 것도 잊어
버렸다.(萬斛酣醉輒留連, 一首構思忘食盥.)"라고 하셨는데 평소의 모습 그대로이
다. 이렇게 열심히 시를 지어도 제대로 알아주는 사람이 없었기에 "열 해를
용 잡는 법 배웠지만, 애석하다 세상에 용이 없구나.(十年學屠龍, 惜乎世無龍.)"
라고 늘 탄식하였다. ≪장자·열어구≫에 의하면 주평만朱泙漫이 지리익支離益
에게 천금의 가산을 써서 여러 해 동안 용 잡는 기술을 배웠으나 세상에
용이 없어 쓸모가 없었다는 이야기가 있다. 선생님은 요즘 세상에 한시 짓는
것을 이에 자주 비유하셨다. 하지만 이러한 알아줌에 대한 바람도 다 부질없
는 짓이다. "천추만세에 전해지는 이름도, 쓸쓸하고 쓸쓸한 죽은 뒤의 일.(千
秋萬歲名, 寂寂寞寞身後事.)"이라며 장자처럼 자유자재한 '무하유지향無何有之鄕'
에서 노닐고자 하신다. 그러한 노닒이 허무주의나 정신적인 만족에 그치는

것이 아니라 시라는 결과물을 낳는다. "술을 낚싯밥 삼고 붓을 낚싯대 삼아, 베옷 차림으로 길이길이 시 낚는 노인 노릇 하리라.(酒爲釣餌筆爲竿, 布衣長作釣詩翁)"는 끝부분의 말에서도 볼 수 있다. 즉, 강호의 시 낚시꾼으로 변함없는 삶을 살겠다는 지향으로 끝맺고 있다

시에 대한 선생님의 열정은 <꿈속에서 시 짓다가 깨어나서 쓴 시(夢中作詩覺後作)>에서도 잘 드러난다. 꿈속에서 국화에 대한 묘한 구절을 얻고 즐거워했다가 깨고 나서 기억이 나지 않아 지은 시인데 그 후반부를 보자.

……	
幻影來又去	이 환영이 왔다가는 가버렸으니
操縱竟是誰	이를 조종한 놈은 도대체 누구인가
詩社今月課	시사의 이번 달 과제를
詩魔已知之	시마詩魔가 이미 알고 있었던 것
趁機氣焰吐	좋은 기회를 틈타 기염을 토하고
逢場技藝施	깔아준 판을 만나 재주를 부렸네
終夜擾我心	밤새 내 마음을 어지럽히며
唫囈徒勞思	잠꼬대까지 하며 머리 쓴 게 다 헛수고
魔情常刻薄	마귀의 마음은 늘 각박하더니
今夜又調欺	오늘밤에도 또 나를 가지고 놀았구나
然而何甚嘆	허나 심히 탄식할 건 또 뭐 있나
人生亦如斯	사람 삶도 또한 이 같아
忽忽百年後	백년이 홀홀히 지난 뒤
生前應不知	생전의 일 응당 알지 못하겠지
已往勿吝惜	이왕지사 아까워하지 말자
得失相伴隨	득과 실이 늘 함께 하는 법이어서
雖失菊花詠	비록 국화 읊은 것은 잃어버렸지만
反得責魔詩	반면에 시마를 꾸짖는 이 시를 얻었으니

시마는 어느 순간에 시인의 속으로 들어와 그로 하여금 줄곧 시만 생각하고 시만 짓게 하는 귀신이다. 시마는 시를 좋아하는 사람 중에 자신이 골라서 원하는 때에만 찾아와 행패를 부리는 매우 이기적인 귀신이다. 그래서 백거이나 이규보李奎報를 비롯하여 역대의 많은 시인들이 시마를 원망하여 심지어 쫓아내려고도 하였다. 시마는 쫓아내고 싶다고 쫓아낼 수 있는 것도 아니고, 만나고 싶다고 만날 수 있는 것도 아니다. 시마에 시달리는 것은 진정한 시인의 증표이자, 괴롭고도 행복한 경험이다. 이 시의 해설에 "시를 짓다보면 시마詩魔가 들어 그것에 시달린다. 좋은 표현도 있을 텐데 왜 시마라고 했을까? 시 지어야 할 때 오면 도움이 되어 좋으련만 그때는 오지 않다가, 시를 그만 짓고 쉬고 싶을 때 도리어 나타나 마음을 괴롭힌다. 하물며 꿈속에 나타나서 잠을 설치게도 하니 마귀인 게 분명하다."라고 하셨는데 시마에 대한 적절한 평가이다. 선생님의 이전 습작기 시는 율시와 절구가 많았지만, ≪계미집≫ 이후로는 빼어난 장편 고체시가 많다. 이런 유장한 고시는 시마가 함께해야 지을 수 있는 시이다.

본문의 시는 계미년 원단에서 시작하여 춘하추동 4계절을 따라 배치되어 있다. 봄에 대한 시로 <봄이 돌아가기를 재촉하는 노래와 서문(催春歸去歌幷序)>도 호방한 기세로 가는 봄에 대한 안타까움과 애정을 표현한 가행체의 고시이다. 또한 율시 중에는 <봄을 전별하는 노래(餞春曲四首)>처럼 같은 운자로 된 연작시도 있는데, 4수 전체가 하나의 작품 같은 장법 속에 봄을 보내는 아쉬운 마음을 표현하고 있다. 여름날에는 한적한 산촌 풍경만이 아니라 <농가 여름밤의 한탄(田家夏夜嘆)>에서처럼 농촌의 현실과 농민들의 고충을 읊기도 하였다. 가을에는 국화, 겨울에는 눈도 읊고 있어 계절별로 특색이 살아 있다. 이 중에 늦은 봄에 지은 율시인 <산사(山寺二首)>의 두 번째 작품을 보자.

雙林永祀春
三界暫時人
隨喜緣由宿
開迷法示眞
慾機何滅念
禪味助精神
夕磬遙遙響
齋心拂垢塵

쌍림의 사원은
영원히 봄날 같건만
삼계의 사람은
잠시만 살고 만다
불상을 참배하며 느끼는 기쁨은
숙세의 인연 때문
미혹한 마음 깨우쳐 주는 불법이
참된 경지 보여준다

욕망을 일으키는 마음
어찌하면 없애나
정신을 전일하게 하는 데
선禪의 맛이 도움 되니
저녁 종소리
아득히 울릴 제
마음을 재계하며
더러운 먼지 털어낸다

위의 시는 수련이 압권으로 매우 빼어나다. '쌍림雙林'은 불교 사원寺院을 가리키며, 아래 구와 완벽한 대장을 이루고 있다. 이는 앞의 첫째 수와의 연속성을 고려한 것으로 마치 한 편의 작품 같은 느낌을 자아내게 하기 위한 것으로 두보가 잘 쓰는 수법이다. '잠시인暫時人'은 두보의 <경사에서 몰래 봉상에 이르러서 행재소에 도달한 것을 기뻐하다(自京竄至鳳翔喜達行在所)>의 "間道暫時人(사잇길에서 잠시만 살 사람)"을 응용한 것이다. 두보는 안녹산 반군을 피해 봉상으로 탈출하는 사잇길에서 언제 죽을지 모르기에 '잠시인' 이라고 했다. 운산 선생님은 여기에서 더 나아가 삼계를 떠도는 인생 자체가 '잠시인'이라고 했다. 이에 대비되는 깨달음의 세계는 영원한 봄날과 같은 것이다. 이런 이치를 알기에 욕심을 없애고 선정禪定의 맛을 추구하고자 한 것이다.

≪계미집≫을 보면 도처에서 선생님과 함께 했던 갖가지 추억들이 새롭게 떠오른다. 그해 가을에 중문과에서 강화도와 석모도 답사여행을 갔었다. 지금은 다리가 너무 잘 놓여 있어 굳이 배를 탈 필요가 없이 너무 편하게 석모도에 갈 수 있다. 당시에는 강화도 외포리에서 배를 타고 석모도로 갔어야 했는데, 그 여행이 도리어 낭만과 멋이 있었다. 그때 갑판에서 갈매기에게 새우깡을 던져주면 많은 갈매기들이 계속 따라오며 날름날름 받아먹었다. <외포리 갈매기(外浦里海鷗)>는 그때의 일을 노래한 수작이다.

渡水上客船	물을 건너려고 객선에 올라
發於江都濱	강화도 물가에서 출발하다가
目睹海鷗群	바다 갈매기 무리가
船尾逐遊人	선미에서 유람객을 뒤따르는 것 목도하였네
曰此何鳥耶	이게 무슨 새이기에

却與人情親	도리어 사람과 친할까
就中有悖理	그 가운데에 자연의 이치와 어긋난 게 있어
感歎使眉顰	탄식하며 이맛살 찌푸리게 된다
擲餌卽迎取	먹이 던지니 바로 받아서 먹어
水無所落淪	물에 떨어뜨리는 게 전혀 없고
防墜祇鼓翼	몸의 추락을 단지 날갯짓만으로 막아내고
乘虛能停身	허공을 타고서도 몸을 능히 멈춘다
咫尺看嘴臉	지척 바로 앞에서 그 부리와 얼굴을 보니
向我眼凝神	나를 빤히 쳐다보는 그 눈에 정신이 집중된 듯
對之驚而訝	이런 광경 대하면서 놀라고 의아했으니
妙技此境臻	신묘한 기술이 이런 경지에 이르러서라
賦性何如此	타고난 천성이 어찌 이 같았으랴
趁利反自馴	이익 좇느라 자신의 몸을 천성과 상반되게 길들였으니
萬里翶翔姿	만 리를 나는 그 자태는
從此不能伸	이로부터 펼칠 수가 없었겠지
形爲口腹役	입과 배를 채우려고 몸을 부리다
豪邁已滅泯	호매한 기상이 이미 없어져버렸으니
貪小以喪志	작은 것을 탐하다 뜻을 잃는 것은
物與人同均	동물도 사람과 매한가지라
鷗乎今勸汝	갈매기야 이제 너에게 권하니
勉勵復其眞	애쓰고 힘써서 참된 모습으로 돌아가거라
高飛到滄海	높이 날아 넓은 바다로 가서
充飢攫魚鱗	물고기 잡아 쥐고서 배고픔을 해결해야지
褻狎何可倚	사람들이 좋아라 하는 것 어찌 믿으랴
機心竟不純	그 기심機心은 결국 불순하리니
不如白影去	흰 그림자 멀리 떠나가서
浩蕩沒波煙	아득히 연파 속에 사라짐만 못하리라

이 시는 4구 단위로 시상을 전개하고 있다. 새우깡을 받아먹는 갈매기의 묘사가 매우 사실적이고 생동감이 넘친다. 넓은 바다를 마음껏 나는 천성을 버리고 새우깡을 쫓는 갈매기를 통해 작은 이익을 추구하며 얽매여 사는 인간의 모습도 말하고 있다. 당시 새우깡을 던져주는 재미에 빠져 있던 우리들과 달리 선생님은 그 갈매기를 보면서 '기심機心'을 던져버리고 계셨던 것이다.

한시를 짓다 보면 전통적인 소재를 주로 읊게 된다. 하지만 현대의 한시는 현대의 사물도 읊어야 새로움이 있을 것이다. <手機(handphone)>는 현대적인 소재를 다룬 재미있는 시이다.

今世佩物中	요즘 세상 패물 중엔
此物最通靈	이 놈이 제일 신통방통하다
日用多有便	일용에 편한 점이 많으니
盛譽誰與爭	자자한 칭송을 놓고 누가 그와 다투겠는가
隨處可送信	아무 데서나 연락을 주고받을 수 있고
走車傳言明	달리는 차 안에서도 전하는 말이 분명하며
拇指數次動	엄지를 몇 번 움직이기만 하면
短札須臾成	짧은 편지도 잠깐 새에 써진다
物無八方美	팔방미인은 없는 법
利害相待生	어떤 물건이든 이해가 상충한다
猜心伺夫所	시기 질투로 남편 있는 곳을 사찰하다가
能識酒姬驚	술집 아가씨 놀라는 소리를 알아챌 수 있는데
狡計圖掩避	교활한 꾀로 엄폐를 도모하면
虎號文字盈	호랑이 으르렁거리는 소리 문자에 가득하다

핸드폰을 쓰는 현대인은 누구나 공감할 수 있는 시이다. 이런 핸드폰이

꼭 편리하고 좋은 것만은 아니며, 원치 않는데 그 위치와 상황이 탄로나 낭패를 당하는 경우도 있다. 마지막 단락이 독자로 하여금 웃음을 자아내게 한다. 요즘 중국에는 제목만 주면 한시를 척척 지어주는 인터넷 싸이트가 이미 생겼고, 앞으로 인공지능, 즉 AI가 한시도 더욱 잘 지을 것 같다. AI는 기존의 모든 한시 데이터를 가지고 있기에 정말로 집구시集句詩의 능수이다. 이런 AI가 도리어 짓지 못하는 시가 위와 같은 현대적 소재의 한시이다. 왜냐하면 짜깁기할 데이터가 없기 때문이다.

본 시집에서 익산 김성곤 교수 등 친구나 지인들에게 써준 시도 매우 흥미롭다. 익산 선생님은 현재 너무나 유명한 분이다. 중국한시기행을 필두로 특유의 한시 음송과 빼어난 강의력으로 한시대중화에 큰 기여를 하고 있다. 익산 선생님의 중국 호남 지역 기행 시에 차운한 <김성곤 교수의 남악묘 시와 상비묘 시를 읽다가 예전에 내가 갔던 일이 생각나서 차운하여 각각 두 수씩 짓다(讀金成坤教授南岳廟詩與湘妃廟詩因憶舊遊而步其韻各作二章)> 4수와 강원도에서 설피 신고 노니는 것을 부러워하며 부친 <익산에게 부친 시(寄益山五首)> 5수 등은 두 분의 막역한 사귐을 보여주는 재미있는 작품들이다. 또한 <지난 달 시사 모임을 소현서실에서 하였는데 초면인 주인이 접대를 정성껏 해주어 사람을 감동시켰다 그래서 이 시를 드려 운치 있는 일이 되게 하고 아울러 감사의 뜻을 보인다(昨月詩社於素玄書室初面主人接賓誠摯使人感荷故贈此作以爲韻事兼示謝意)>는 초면에 받은 환대에 감사하는 마음이 잘 담긴 장편의 칠언고시이다. 필자도 그때 같이 참여하여 매우 즐겁고 인상적이었던 기억이 난다. 선생님의 인품과 학덕으로 인해 덩달아 좋은 대접을 받았다. 당시의 상황과 고마운 마음이 이 시에 바로 옆에서 보는 것처럼 그려져 있다. 이 시를 받고 소현서실 주인도 매우 감동했다고 한다.

운산 선생님은 제자들에 대한 애정도 각별하셔서 당시 남경으로 유학 가는 이은주, 정진걸 등의 제자에게 애정 어린 송별시를 써주셨다. 도인 풍의 소탈한 친구 정진걸 동학의 호 '약우藥友'는 본인이 일찍이 산에서 약초 캐며 살겠다고 한 적이 있어 선생님이 붙여주신 호이다. 요즘 관절이 좋지 않아 약을 캐러 다니지는 못하지만 그 풍모는 어느 도사나 약초꾼 못지않다.

당시에 필자는 두보에 대한 박사논문을 집필 중이었는데, 선생님께서 '두보로 산을 이루라'고 '두산杜山'이라는 호를 지어주시며 <강민호 군의 호를 두산이라 지어주고 호설을 짓다(號姜君旼昊曰杜山作號說)>를 써 주셨다.

> 杜陵奧境千年秘
> 仇浦評詮闢險關
> 今世誰承衣鉢者
> 韻山後出更高山

> 두릉杜陵의 깊숙한 경역은
> 천 년토록 감춰져 있었는데
> 구조오와 포기룡의 평론과 해석이
> 험한 그 관문을 열었다

> 지금 시대에
> 누가 그 의발을 이을까
> 운산韻山의 뒤에
> 더 높은 산이 나왔구나

두릉은 장안 근처에 두보의 선조가 살던 곳으로 두보를 대칭한다. 두보 시에 대해 수많은 사람이 주해하였지만, 청나라 때의 구조오仇兆鰲와 포기룡浦起龍의 해설과 장법 분석이 가장 정교하다. 이를 제대로 이해하고 체계적으로 밝힌 분이 운산 선생님이다. 그래서 선생님의 시도 두시처럼 장법이 엄정한 것이 많다. 필자는 선생님의 이런 연구에 감화를 받아 두보의 배율排律에 대해 박사논문을 썼다. 위의 시를 받고 필자는 격려와 부담을 동시에 느꼈다. 원래 받은 직후에 화답시를 썼어야 했는데 그때 쓰지 못했다. '운산' 선생님은 청출어람을 기대하며 호를 '두산'이라 지어주셨고, 선생님으로부터 너무나 많은 사랑과 가르침을 받았지만 그 이후로 필자가 보인 모습은 실망의 연속이었다. 불초한 제자의 죄송한 심정을 이제라도 차운시로 담아본다.

次韻韻山尊師號我曰杜山作號說

學問詩情杜陵過
誤傳衣鉢累玄關
韻山高嶺豈敢望
但願仙居爲小山

운산 선생님께서 나의 호를 두산이라 지어주고 호설을 지으신 것에 차운하다

학문과 시정이 두릉을 능가하시는데
의발을 잘못 전하여 법문法門에 누를 끼쳤네
운산의 높은 산맥을 어찌 감히 바라볼 수 있겠습니까
다만 신선이 사는 작은 산이 되길 원할 뿐입니다